누군가
당신의 방황에 함께하기를

누군가 당신의 방황에 함께하기를(원제∶愿有人陪你颠沛流离)

1판 1쇄 2020년 2월 14일

지 은 이 루쓰하오
옮 긴 이 박진영
일러스트 백지은

발 행 인 주정관
발 행 처 북스토리(주)
주   소 경기도 부천시 길주로 1 한국만화영상진흥원 311호
대표전화 032-325-5281
팩시밀리 032-323-5283
출판등록 1999년 8월 18일 (제22-1610호)
홈페이지 www.ebookstory.co.kr
이 메 일 bookstory@naver.com

ISBN 979-11-5564-173-6 03820

※잘못된 책은 바꾸어드립니다.

이 도서의 국립중앙도서관 출판시도서목록(CIP)은
서지정보유통지원시스템 홈페이지(http://www.seoji.nl.go.kr)와
국가자료공동목록시스템(http://www.nl.go.kr/kolisnet)에서 이용하실 수 있습니다.
(CIP제어번호 : CIP2020004197)

소소하지만
빛나는 순간을
살아가는 우리에게

누군가 / 당신의 방황에 함께하기를

루쓰하오 지음 ― 박진영 옮김

북스토리

CONTENTS

몇 년 전, 나는 멜버른으로 가는 비행기에서 몇 년간 해야 할 일을 잔뜩 적은 나만의 리스트를 만들었다. 그리고 5년이란 시간이 눈 깜짝할 사이에 지나가고, 어느 날 그 리스트를 살펴보니 그중에서 밥 짓는 법 배우기를 빼고는 달성한 것이 몇 개 되지 않았다. 그중에는 좋은 친구, 특히 세계 각국의 친구를 많이 사귀기도 있었다. 여러 나라 사람들과 함께 어울리면 적어도 고독이라는 것이 내 삶에 영원히 나타나지 않을 줄 알았는데 고독은 짧은 시간에 내 생활을 점령해버렸다.

나는 이런 상황을 전혀 예상치 못했다. 왜냐하면 당시 내 성격상 친구를 사귀는 일이 어렵지 않다고 생각했기 때문이다. 그러나 이상하게도 친구는 많았지만 좋은 친구나 나를 알아주는 친구는 없었다. 그리고 시간이 지날수록 아는 사람은 많아져도 친구 수는 오히려 점점 줄어들어서 지난 몇 년 사이에는 그 수가 일정했다. 이는 당연히 슬퍼해야 할 일 같은데 딱히 슬프지도 않았다.

사실 세상은 우리의 상상보다 훨씬 드넓어서 우리에게 딱 맞는 길을 찾기는 쉽지 않다. 또 사람들 사이의 생각의 방식이 점점 다양해지는 만큼 다른 사람의 마음속으로 파고 들어가기도 점점 더 쉽지 않다는 걸 깨닫는다. 뿐만 아니라 어린 시절에 그토록 부러워하던 나이가 되었지만 우리가 흠모하던 사람이 되지는 못했다는 사실도 발견하게 된다. 이럴 때 나는 난감한 나이가 되었음을 느낀다.

우리가 어른이 되기를 달가워하지 않는 이유는, 우리가 바로 예전에 얕잡아보던 바로 그 사람이 될까봐 두렵기 때문이다. 그런데 다행히도 나는 그러지 않았다. 물론 많은 일을 이루지 못했고 그 점이 지금도 아쉽기는 하지만, 나는 다행히 내가 얕잡아보던 그런 사람이 되지 않았고 나의 세계를 포기할 준비도 하고 있지 않다.

길이 잘 보이지 않더라도 우리는 전진할 수밖에 없다. 앞으로 나아가야 한다. 난관에 부딪히고 넘어지고, 길이 까마득하게 느껴져도 일어나 계속 앞으로 나아가야 한다.

과거에 문득 외로움이 찾아오고 친구들과도 연락이 점점 줄어들면서 한동안 나는 스스로 외로운 사람이라는 생각을 했던 때가 있었다. 그런 때에 나는 글을 쓰기 시작했다. 나는 내 심정을 시험 삼아 적어보기 시작했고, 내가 무슨 생각을 하고 있는지 이해하기 위해서 생활을 한번 기록해보았다. 그러면서 나는 내가 무엇을 할 수 있는지 알게 되었다.

나는 조금이라도 짬이 나면 항상 이어폰을 꽂은 채로 음악에 의지해서 지낸다. 그래서 각 장의 글을 쓰던 당시에 들었던 노래를 한 곡씩 골라 맨 뒤에 모아놓았다. 대부분의 경우에 나는 이 노래들이 나에게 무슨 의미가 있는지 몰랐다. 그러나 글을 쓰기 시작하면서 내가 노래를 사랑하는 이유는 바로 음악을 통해서 나 자신에 대해 들을 수 있었기 때문이라는 사실을 깨달았다. 나는 내가 외롭지 않다는 사실을 분명히 깨달을 수 있었고, 홀로 있을 때의 기분을 모두 노래 안에 담을 수 있었다.

글도 이와 같다. 그래서 이 책이 나올 수 있었다.

이 책에는 나나 내 주변의 이야기들이 많이 담겨 있다. 내가 어떻게 고독 속에서 헤쳐 나왔는지, 어떻게 희미함 속에서 지금껏 걸어왔는지, 어떻게 매번 밤을 새워가면서 나만의 삶의 박자를 찾았는지를 담았다.

나는 지금도 여전히 흐릿함 속에 있다. 그러나 이 흐릿함은 현재 상태에 대한 불안이 아니라 어떤 일이 일어날지 모르는 미래에 대한 것이다. 나는 우리가 앞으로 나아갈 수 있을 뿐 내일 무슨 일이 생길

지에 대해서는 확신할 방법이 없다고 생각한다. 그렇기에 오늘의 우리는 지금의 한 걸음을 잘 내디뎌야 한다.

이 책은 벌써 나의 세 번째 책이다. 사실 마음속으로 수만 번도 넘게 감사의 말을 되뇌었지만 늘 부끄러워서 말하지 못했다. 누군가 독서나 영화 감상을 왜 해야 하는지 물은 적이 있다. 내 생각에 독서나 영화 감상은 하나의 침전 과정으로서, 좀 더 평온한 마음으로 상황을 마주하게 도와주는 것 같다. 어쩌면 책을 읽고 난 직후에는 별 도움이 되지 않는다고 생각할 수도 있지만 계속 읽어가다 보면 큰 차이를 발견할 것이다. 여러분이 읽었던 책이나 읽으면서 느꼈던 기분들이 여러분의 일부가 되고, 여러분도 모르는 사이에 여러분의 신념이 되어서 언젠가는 자신만의 삶의 박자에 맞춰 생활할 수 있게 될 것이다.

내가 가장 바라는 바는 당신이 이 책을 다 읽고 나서 이 세상에는 당신처럼 앞이 제대로 보이지 않아도 앞을 향해 나아가고, 어려움 속에서도 방향을 찾는 사람이 있다는 사실을 깨닫는 것이다. 설사 우리의 길이나 방법이 다르더라도 우리는 여전히 서로에게 힘이 되어줄 수 있다. 이 세상에서 함께하는 것보다 큰 힘은 없기에 나는 이 책이 당신이 가는 길에 함께할 수 있기를 희망한다.

계속 잃으면서도 조금이나마 무엇인가를 얻고, 계속 넘어지면서도 조금이나마 성장하는 것이 세상살이다. 살아간다는 것은 지난 일들을 시로 삼고 기억을 안주 삼아 술을 마시는 일에 불과하다. 기억이라는 술잔을 입에 털어 넣어 그 당시 넘어졌을 때의 고통은 날려 버리고 계속해서 앞으로 나아가자.

이 길에서 우리는 혼자가 아니다. 이곳에서 우리는 적어도 우리와 비슷한 무리를 찾을 수 있다. 이 세상에는 우리와 어깨를 나란히 하고 열심히 나아가는 사람들이 항상 존재한다. 그러니 이 동행을 마음에 새기고 자신이 가려는 길을 계속 가면 된다.

그리고 마침내 언젠가 자신의 힘으로 든든히 서야 할 때가 오면, 약속한 대로 우리는 패배해선 안 된다.

PART 1

그림에도 사랑

찌질이,
이번엔 네 차례구나?

단번에 잊을 수 없는 일들이 있다. 그 기억을 없애는 것만이 좋은 방법은 아니다. 그 일을 잊기 위해서는 항상 소화할 시간이 필요하다. 그 시간이 지나고 나면 우리는 한층 성장해져서 더 나은 삶을 살아갈 수 있게 된다.

———

2011년 친구 킴Kim이 실연을 했다. 지금 돌이켜보면 별로 큰일이 아니지만 당시 그에게는 하늘이 무너지는 일이었다. 함께 술을 마실 때면 그는 별말 없이 땅콩을 한 접시 시키고 이과두주를 입에다 털어 넣었다. 아무리 말려도 소용없었다.

"이러지 마. 다들 만나고 헤어지고 그래. 이렇게 자신을 힘들게 한다고 달라질 것 없잖아."

그는 술을 털어 넣다가 흘렸는지 냅킨으로 입 주변을 닦으면서 대답했다.

"네가 뭘 알아!"

좋은 뜻으로 한 말인데도 내 말을 비꼬는 듯한 그의 태도에 기분이 좋지 않았지만 난 참았고 더 이상 아무 말도 하지 않았다. 그리고 결국 그해 여름에 나도 실연을 했다.

이번에는 내가 머저리처럼 술에 취했다. 킴은 고소하다는 듯 나에게 말했다.

"찌질이, 이번엔 네 차례구나?"

지미가 옆에서 말리는데도 그는 내 어깨를 두드리며 말했다.

"꼬맹이, 이제 그날 내가 '네가 뭘 알아'라고 말할 때의 심정을 알겠어?"

나는 아무 말 없이 그와 손바닥을 마주쳤다. 세상 어디든 그만한 여자가 없겠느냐 라든가, 그녀를 위해서 어쩔 수 없다든가, 더 좋은 여자가 있을 거라는 등의 이야기는 아무 쓸모없다.

킴과 그의 여자 친구는 죽마고우라고 할 수 있는데 둘은 초등학교 때 알게 되어 중·고등학교를 함께 다녔다. 여자 친구는 킴을 꽉 잡고 있어서 우리가 그의 고집을 꺾지 못할 때면 늘 그녀에게 도움을 요청했다. 이 방법은 어린아이에게 "말 안 들으면 경찰 아저씨가 잡아간다"처럼 효과가 좋았다. 또한 그들의 애정행각은 닭살이 돋

고 구역질이 날 정도였고 함께 사진을 찍을 때의 표정은 말할 필요
도 없었다. 헤어질 때는 늘 키스로 작별인사를 하는 통에 우리는 정
말 어쩔 줄을 몰랐다. 그들은 고등학교 졸업 후 양쪽 집안에 인사까
지 드리고 함께 출국해서 2년 동안 동거했다. 그의 입맛은 이미 여
자 친구의 솜씨에 길들여졌고 그에게는 여자 친구의 체취가 배어 있
었다. 그의 말을 빌리자면, 그는 한 번도 그녀 아닌 다른 사람과의
결혼은 생각도 하지 않았다.

당시에 우리는 모두 그들이 평생 지긋지긋하게 우리를 닭살 돋게
하리라고 생각했다. 그러나 결국 그들은 헤어졌다.

우리는 킴만큼이나 아쉬운 마음에 헤어진 이유를 물었다. 하지만
킴이 그녀에게 물어봤지만 그녀는 확실하게 이유를 밝히지 못하고
얼버무리기만 했다고 말했다. 나는 킴의 성격대로라면 분명 엄청난
소란이 있었을 거라고 생각했다. 그러나 그는 고개를 끄덕이고는 그
대로 이별에 응했다.

물론 여기에서 끝이 아니다. 그때부터 며칠간 머저리가 되도록 술
을 마신 그는 이내 아무 일도 없다는 듯 행동했다. 예전처럼 맥주를
마시며 외국 친구들과 내기 당구를 쳤고 끝날 즈음에는 아쉬운 마음
에 한 판을 더 치곤 했다. 수업을 빼먹는 일도 없었고 여가 시간에만
당구를 쳤다. 예전과 다름없이 썰렁한 농담도 그대로였다. 그러나
우리는 모두 이별을 했다고 해서 죽는 것도 아니며 킴이 평소와 다

름없이 지내고는 있지만 누군가를 그렇게 빨리 지울 방법은 없다는 사실을 알고 있었다. 짬이 나서 술을 마실 때면 그는 이과두주를 들이 붓듯이 마시고는 취해서 쓰러졌는데 술주정이 끝나고 나면 아무 말도 하지 않았다. 모두들 그가 무슨 생각을 하고 있는지 알면서도 그를 달래지 못했다. 나중에 우리는 킴이 헤어진 이유를 어쩔 수 없이 알게 되었다.

"제기랄!"

그의 이별 과정을 들었을 때 우리 입에서는 이구동성으로 욕이 튀어나왔다.

어느 날 킴의 전 여자 친구는 어떤 남자와 손을 잡고 마트를 돌아다니다가 우리와 마주쳤다. 그녀는 난처한 표정으로 그를 그냥 친구라고 설명했고 우리도 별말 없이 인사를 하고서는 헤어졌다. 그러나 이 일을 시작으로 그들은 서서히 대범해져서 우리를 만나도 피하지 않았다. 우리는 킴을 대신해서 분노했지만, 그것은 그들의 자유로운 선택일 뿐 우리가 판단할 수는 없는 일이었다.

그렇지만 나는 결국 참지 못하고 그녀를 찾아가 도대체 어떻게 된 일인지 물었다. 그녀는 킴이 데리러오기로 했던 날 킴이 친구들의 이사를 돕느라 못 오는 바람에 현재 남자 친구가 그녀를 집으로 데려다주었다고 했다. 그리고 우리가 그녀에게 술을 권했을 때 킴은 이미 술에 취해 있어서 그가 대신 마셔준 적도 있었으며 그녀에게

뜨거운 우유를 챙겨주기도 했다고 대답했다. 그때 나는 욕을 했다.

"킴은 예전에 매일 너를 데려다줬는데 어떻게 기억을 못 하니? 킴이 술에 취한 것도 너 대신 술을 마시느라 그랬는데도 기억이 안 나? 네가 아플 때는 약도 가져다줬는데 넌 어떻게 다 잊어버렸어? 어떻게 킴이 너를 위해서 뜨거운 물을 따라주고 약을 사다준 일을 그 남자가 준 따뜻한 우유 한 잔으로 바꿀 수가 있니?"

나의 말에 그녀는 한동안 횡설수설하다가 입을 다물었다.

인간은 모두 비열하다. 누군가가 당신에게 더 이상 잘할 수 없을 정도로 잘해주면 곧 익숙해져서 더 이상 그것이 얼마나 좋은 일인지 깨닫지 못한다. 너무 익숙하면 그 감정에도 소홀해지는 법이다. 이것은 반드시 고쳐야 할 병이다. 그렇지 않으면 언젠가는 당신의 마음가짐도 균형을 잃고 순식간에 완전히 무너져버리거나 새로운 느낌에 정신이 팔려서 사리판단이 흐려질 수 있다. 그래서 낯선 사람의 모습은 기억할 수 있어도 초등학교 때 맨 뒷줄에 앉았던 친구가 어떻게 생겼는지 기억하지 못한다. 또 우연히 만난 사람이 우연히 잘해준 일은 기억해도 바로 뒤에 있는 사람은 잊어버리는 것이다.

2012년 졸업 후, 킴은 계속해서 대학원에서 공부했고 그의 전 여자 친구는 남자친구와 귀국했다. 우리는 킴의 이야기가 이렇게 끝났다고 생각했다. 하지만 반년 전 그의 집에 갔을 때 나는 그의 컴퓨터 옆에서 전 여자 친구와 찍었던 사진을 발견했다. 왜 그 사진을 아직도 거기에 두는지 물었더니 그는 2년 동안이나 그녀가 돌아오리라고 믿고 있다고 말했다. 그 말에 나는 어떻게 그렇게 답답할 수가 있는지 물었다. 그 사람들은 결혼을 했을지도 모르는데 너는 아직도 이렇게 잊지 못하고 있으니 언제쯤 벗어날 수 있겠느냐고 말이다. 내 말에 킴은 그들이 결혼하지 않았다고 말했다.

나는 일그러진 표정으로 그가 어떻게 아는지 물었다. 그는 최근까지도 그녀와 줄곧 연락을 했다고 솔직하게 말해주었다. 그녀는 여전히 그에게 관심을 보였고 자신의 근황을 알려주곤 했다. 당시에 첫 번째로 들었던 생각은 '큰일이다. 그냥 예의로 보여주는 관심이 그를 영원히 묶어두는구나'였다.

한 달 전쯤 나는 난징에 사인회를 하러 갔다. 그리고 킴을 만나기로 했는데 그는 그녀를 데리고 나왔다. 나는 미간을 찌푸린 채로 '너희들 화해한 것은 아니겠지'라고 속으로 생각했다. 그는 낮에 함께 옷장을 사러 갔다가 그녀를 도와 정리를 하고 나서 같이 밥을 먹으려 나왔다고 말했다. 나는 묵은 감정에 다시 불을 붙이는 일에 찬성하지는 않았지만 그의 표정을 보고는 오히려 그들이 정말로 재결합을 할 수 있기를 바라는 마음이 조금은 생겼다.

그러나 결과적으로 그럴 가능성이 없다는 말을 킴이 전화로 알려왔다. 우리는 끊겼다 이어졌다를 반복하며 한 시간 동안 대화를 나눴다. 킴 덕분에 난 그가 1년을 어떻게 보냈는지 알게 되었다. 그들은 그녀가 귀국한 후에도 계속해서 연락을 주고받다가 킴이 귀국한 후에 헤어졌다. 그들은 미련이 남아서 만나기도 했고, 그녀에게 일이 생기면 킴이 가서 도와주기도 했다. 그래서 1년 동안 그는 두 번이나 귀국해서 그녀와 십여 차례 만났다. 영화도 보고, 그녀가 이사하는 것을 도와주기도 하고, 함께 옷장을 고르기도 했지만 재결합에 대해서는 말을 꺼내지 않았다.

그날 함께 모여 밥을 먹고 난 후에 나는 일부러 둘을 남겨놓고 먼저 일어났다. 그러나 이것이 그녀가 킴에게 새 남자 친구가 생겼다고 말할 기회가 되리라고는 생각지 못했다. 그녀는 남자 친구와 함께 있을 때 킴을 마주치기라도 하면 난처할까 봐 잠시 거리를 유지하고 싶다고 했다. 그리고 그는 예전처럼 그저 고개를 끄덕일 뿐이었다.

나는 그에게 지난 1년 동안 내려놓지 못했으면서 어떻게 이번에는 15일 만에 가능했는지 물었다.

킴은 나에게 사실 자신이 포기하기를 기다리고 있다고 말했다. 그는 만일 이전에 일어났던 일이 다시 한 번 반복된다면 그때는 바로 포기하기로 맹세한 적이 있다. 또한 나에게 '실연이라는 일'에서 말한 것처럼 싱글 상태를 유지하는 편이 확실한 해결방법이라고 했다. 비굴하게 굴거나 만나지 않고 그녀를 잊을 때까지 몇 달을 참아도 되지만 그는 자신의 개성에 맞는 방법을 선택했다. 잔인할지는 몰라도 그에게는 가장 효과적인 방법이었다. 그 방법은 바로 어느 날 자신의 노력에 스스로 나가떨어지거나 상대의 태도에 완전히 실망할 때까지 재결합을 요구하지 않으면서도 그녀에게 끝없이 잘해주는 일이었다. 그리고 마침내 그는 해독제를 얻었다. 혼자서 둘만이 아는 장소였던 초등학교에 찾아갔던 것이다. 그는 어릴 때 학교 입구에서 그녀와 함께 찍은 사진과 지금의 학교 모습을 자세히 비교해 보았다. 그러고는 교문의 모양이 이미 달라졌다는 사실을 발견했다. 그 순간 그는 어릴 적의 모습을 과거로 보내주고는 마침내 마음을 내려놓았다. 킴이 가지고 있던 그녀에 대한 감정은 정情이었다. 그러나 그녀는 그에게 정이 없었다. 이런 관계는 가느다란 줄처럼 살짝 닿기만 해도 끊어질 수밖에 없다. 그는 지금 그 줄을 끊어버렸다.

그와 여자 친구가 알고 지낸 기간은 12년이었고, 8년을 함께 했다. 그러나 헤어지는 데는 하루가 걸렸고 그녀를 철저하게 포기하는 데는 2년이 걸렸다.

잔인한가? 물론 잔인하다. 공평한가? 물론 불공평하다. 그러나 언제부터 감정이 공평했던가? 이는 가치가 있느냐 없느냐의 문제일 뿐이다. 감정에 있어서 공평이라는 개념은 애초에 없었다. 만일 당신이 공평의 잣대로 노력이나 감정을 일일이 측정하려 했다면 시작부터 진 것이나 다름없다. 당신은 이미 불공평하다는 것을 알고 있었다. 당신이 누군가를 절절히 잊지 못할 때, 또 다른 누군가는 당신의 세계에 들어오려고 애를 써도 기회를 얻지 못한다. 당신은 항상 곁에 있던 사람을 사랑하는 대신 겨우 몇 분, 며칠을 함께했던 사람을 사랑하고 있는지도 모른다. 오랫동안 알고 지내면서 정을 쌓는 편이 가장 좋은 시나리오지만, 사람은 본능적으로 첫눈에 반하는 사랑을 원한다.

킴이 나에게 전화를 한 데에는 또 다른 목적이 있었다. 그는 과거의 날들과 완전히 이별하기를 원한다면서 나에게 이를 기록으로 남겨달라고 부탁했다. 나는 "너희들의 감정에 대해서 적기가 정말 쉽지 않아. 게다가 혹시 기록으로 남겨놓으면 네가 힘들지 않겠어?"라고 말했다. 그 말에 그는 "나는 웃으면서 이 이야기를 읽을 수 있다고 확신해. 진짜 걱정하지 마. 바보 같은 짓은 이미 충분히 했어. 그리고 나 그렇게 약하지 않아. 케빈, 나는 네가 이 이야기를 확실하게 끝내주기를 원할 뿐이야"라고 답했다.

나는 킴에게 무신木心(중국의 시인이자 화가로, 본명은 손박係璞)의 시를 들어봤는지 물었고, 그는 없다고 했다. 나는 이 시인이 그에게 여기에서 할 말이 있다고 말하고는 이 시를 읊었다.

옛날 소년 때가 기억난다. 사람들은 진실했고
있는 그대로 말을 했다.
꼭두새벽 기차역 어두컴컴한 거리에는 행인 대신
두부국을 파는 가게에 뜨거운 김이 솟았다.

옛날의 햇볕은 느렸다. 차, 말, 편지도 느렸고
평생 한 사람만 사랑해도 충분했다.

이 시를 왜 읊는지 묻는 그의 질문에 나는 예전 햇볕은 느렸고, 모든 것이 다 느렸고 평생 한 사람만 사랑해도 충분했지만 애석하게도 우리는 그 시절을 따라잡지 못했다고 답했다. 잠시 전화기 너머가 조용하더니 그는 "맞아, 우리는 그 시절을 따라잡지 못했지"라고 말했다. 나는 웃으면서 말했다.

"사실 우리가 그 시절을 따라잡지 못한 것이 아니라 그 시절이 우리한테 버림받은 거지. 우리한테 버림받았다는 말이 헛소리가 되지 않게 모두 적당한 자리에 놓아두자."

모든 것을 잃어버릴 때에도 여전히 미래는 있다. 그렇지 않은가?

기억을 내려놓는 일은 사실 그렇게 어렵지 않다. 정말 어려운 일은 결론이 없는 이야기 속에서 정식으로 안녕이라는 말을 하는 것이다. 정식으로 안녕을 고할 때 결론이 없던 그 이야기에 마침표를 찍을 수 있고, 더 이상 그 이야기가 당신의 세계에서 물결을 일으키지 않는다.

그에게 그의 이야기에 대한 좋은 결말을 이미 써두었다고 말했다. 내 생각에는 괜찮아 보이는데 그의 생각에는 어떨지 모르겠다고.

사람들은 모두 추억이나 후회를 가지고 있다. 결론이 없는 이야기들 속에는 언제나 '만일'과의 작별이 빠져 있어서 여전히 "만일 처음에……"라는 생각을 한다. 만일 처음에 이사를 하지 않았다면, 만일 처음에 용기가 있었다면, 만일 처음에 대학 입시 전까지 더 열심히 했더라면, 어쩌면 나는 어릴 때의 짝꿍과 여전히 연락을 할지도 모른다, 혹은 어쩌면 그녀와 어깨를 나란히 한 채로 인생을 나눴을지도 모른다고 되뇐다.

모든 이야기에 다 결론이 있지는 않지만 천생연분 같았던 두 사람이 헤어질 때는 보통 안녕이라는 작별 인사가 없는 경우가 대부분이다. 아무리 서로 좋아했더라도 함께하지 못하면 결국에는 남이 된다. 함께 내일을 꿈꿨던 그 사람은 원래부터 당신의 내일에 존재하지 않았던 사람이다. 당신에게 모든 것을 주었던 사람도 결국엔 당신을 혼자 두고 조용히 떠난다. 함께했었던 그 사람도 결국에는 낯선 사람이 되어 저 멀리에 있다. 영원히 함께하고 싶어했던 수많은 연인들이 결국에는 사소한 일로 헤어졌다는 이야기를 들을 때마다 나는 슬픈 마음이 든다.

그럼 어떻게 해야 할까? 이별을 피할 수 없다면 우리가 할 수 있는 일은 더욱 강해져서 이별에 잘 대처하는 것이다. 그래서 더 나은 내가 되려고 노력했던 경험이 있다면 그런 모습을 잘 간직했다가 더 나은 삶을 살아야 한다고 생각한다.

다시금 나와 엇갈린 사람들과 진지하게 작별을 하고 싶다. 비록 내가 이미 그들을 잊었더라도 말이다.

엇갈렸던 인연들을 방황을 겪은 후에 다시 한 번 만나고 싶다. 우리가 다시 만날 때에는 분명 원망이 없으리라고 믿는다. 우리는 청춘의 시절에 동행했기 때문이다. 또한 가장 풋풋하고 천방지축에 어리석었던 시절을 함께했으며 가장 슬프고 아무 말도 하고 싶지 않을 때 당신의 기분을 이해하고 말없이 곁에 서 있어 주었기 때문이다.

세상의 모든 만남은 의미가 있음을 깨닫기를 바란다. 어떤 만남은 이별을 위한 것일 수도 있다. 그리고 이별 후에도 우리는 여전히 길고 긴 길을 걸어가야 한다.

반면 오랫동안 함께하는 만남도 있다. 마치 늘 함께 술잔을 기울이는 그 친구처럼 멀어지려야 멀어질 수 없는 인연 말이다. 견딜 수 없을 것 같은 순간에도 곁에는 친구와 가족이 있다. 또한 그 순간이 지나고 나면 괜찮아진다는 사실도 깨달을 것이다.

알다시피 기억은 우리가 더 잘 헤쳐 나가게 하는 힘이다.

우리가 이룰 수 없던 꿈이 가장 힘든 시기에 가장 찬란하게 꽃을 피우기를 바란다. 성장의 진통 후에는 마음 깊숙한 곳에서 진지하고 평화롭게 그동안 소중히 하지 못했던 청춘이나 기억과 작별을 고할 수 있기를 바란다.

같은 주파수에 있는 사람

'이야깃거리가 있다'는 것은 두 사람이 함께하는 데 기본적인 요소다. 적당한 관심을 유지하면서 비슷한 목표를 향해서 함께 노력하며 전진한다면 두 사람은 공통의 주파수를 가질 수 있다.

A 선배는 결국 그녀의 아저씨와 헤어졌다. 하지만 이 이야기는 결코 아저씨가 어린 아가씨를 버리는 그런 고리타분한 줄거리가 아니다.

아저씨는 사실 30세 초반으로 그렇게 나이가 많지 않고, 노련하고 능력 있는 데다가 사람 됨됨이도 좋았다. 당시에 우리는 모두 이 두 사람이 꼭 행복한 결말을 맞을 것이라고 생각했다. 그러나 이 두 사람은 때가 맞지 않아서 결국엔 헤어지고 말았다

능력이 뛰어난 선배가 당시에 아저씨를 좋아했던 가장 큰 이유는 완숙함 때문이었다. 선배의 말에 따르면 주변 남자들은 모두 어린애 같았다고 했다. 나는 이 말에 수긍할 수 없어서 내 생각의 깊이도 상당하다고 항변했다. 선배는 동의하듯 고개를 끄덕이고는 내 어깨를 두드리며 말했다.

"그렇지만 아저씨는 너보다 잘생겼잖아. 너도 나쁘지는 않지만."

하……, 결국엔 얼굴을 보는 거잖아. 나쁜 인간.

선배는 나보다 1년 먼저 졸업했다. 졸업 후에는 바로 귀국해서 아저씨가 사는 도시로 갔다. 1년 동안 선배는 자신의 근황을 거의 업데이트하지 않았고, 서서히 연락이 끊어졌다. 그리고 얼마 전 우연히 연락이 닿아서 함께 식사를 할 때 선배는 아저씨와 이미 원만하게 헤어졌다고 말했다. 나는 이해할 수가 없어서 선배에게 물었다.

"아저씨는 모든 면에서 다 괜찮지 않았어?"

"그랬지, 그런데 한 가지, 말이 안 통했다는 점이 안 괜찮았지."

아저씨는 업무나 생활에서 그녀를 많이 도와주었는데 이 두 사람은 여러가지 면에서 차이가 많이 났고, 그런 차이 때문에 둘은 비슷한 수준의 대화를 할 수 없었다. 그녀는 일을 하면서 몇 번이나 난관에 부딪혔지만 아저씨에게는 늘 대수롭지 않은 일들이었다. 그녀가 우연히 아저씨와 영화 한두 편에 대해서 이야기를 나눌 때 아저씨는 남자 주인공의 이름을 다섯 번이나 틀리게 말했다.

그러나 어쩔 수 없었다. 선배는 아저씨를 따라잡으려고 노력했지만 아마도 몇 년은 족히 걸릴 일이었다. 선배는 삶의 어려움에 대해서 그와 이야기할 수가 없었다. 아저씨에게는 전혀 어려운 것이 아니기 때문이었다. 물론 아저씨도 선배에게 직장에서의 일을 이야기할 수 없었다. 그녀가 공감할 수 없는 이야기들이었기 때문이다.

그렇게 두 사람의 대화는 줄어들었고, 결국에는 헤어졌다.

나는 두 사람이 함께하는 데는 이야깃거리가 가장 중요하다는 사실을 깨달았다. 예전에는 이것이 아주 쉬운 일이라고 생각했는데 시간이 지날수록 이것이야말로 세상에서 제일 어려운 일인 것 같다. 이는 심지어 물질보다 훨씬 위에 존재하는 엄격한 조건이다. 둘이 대화를 할 때 헛소리를 해도 지겹지 않고, 아무 말 안 해도 편안할 수 있다는 것은 정말 어려운 일이다.

물론 처음부터 당신과 주파수가 맞는 사람은 없다. 분명히 한쪽이 멈춰 서서 뒤에 있는 사람을 끌어주거나, 뒤에 쳐진 사람이 앞에 있는 사람의 보폭을 따라잡기 위해서 최대한 노력해야 한다. 선배는 충분히 노력했지만 아저씨를 따라잡기에는 너무 멀리 있었다. 아마도 달리다가 결국에는 지쳐서 손을 놓을 수밖에 없었을 것이다.

또 다른 이야기가 생각났다.

B와 라오자오^{老焦}는 대학을 졸업하고 2년이 되던 해에 헤어졌다. 당시에 B는 이미 회사를 다니고 있었지만 라오자오는 낮에는 구직

활동을 하고 저녁에는 PC방에서 죽치고 있었다. 그러니 낮에 구직 활동을 할 때 그의 상태가 좋지 않은 것은 당연했다. B는 라오자오와 거의 5년을 함께했고 스스로 무슨 일이 있더라도 그와 함께 견뎌내겠다고 다짐했다. 그녀의 미래의 청사진에는 늘 라오자오의 자리가 있었고, 그가 없는 미래는 차라리 없는 편이 낫다고 생각할 정도였다. 이것이 당시에 B가 나에게 했던 말이었다.

그러나 그들은 결국 이별을 택했는데, B가 먼저 이별의 말을 꺼냈다. 나중에 라오자오는 B가 매정하다고 욕했지만 더 시간이 지난 후에는 친구들 중에 라오자오라는 사람이 없어졌다. 우리 모두는 라오자오에게 대부분의 잘못이 있다는 사실을 알고 있었다. B는 라오자오를 현실로 끌어오려고 최선을 다했지만 그는 안에만 숨어서 나오려고 하지 않았다. 그리고 나중에 두 사람은 이미 더 이상 나눌 것이 없었다. 하루 종일 일하고 집에 돌아온 B는 대화 상대가 필요했다. 하지만 그 시간에 라오자오는 PC방에서 게임을 즐기고 있었다. B는 힘들 때 그의 의견을 듣고 싶었지만 그는 더 이상 그녀에게 도움이 되지 않았다. 그리고 작은 일로 싸울 때마다 라오자오는 늘 "너 지금 나 무시하는 거야?"라는 말을 반복했다.

라오자오의 이 말이 몇 번 거듭되자 B는 그들이 이미 더 이상 함께할 수 없다는 사실을 깨달았다. 둘은 이미 같은 주파수 안에 있을 수 없었고, 앞서 이야기한 선배의 아저씨와는 달리 그녀는 더더욱 그를 기다려줄 방법이 없었다. 왜냐하면 아무것도 없는 그녀는 그저 전진할 수밖에 없었기 때문이다.

그들의 이별에 대해서 당신은 B가 비정하다고 말할지도 모른다. 그러나 그녀는 정확한 선택을 한 것뿐이다. 4년 동안 대학을 마치고 가장 힘들던 졸업시기도 잘 헤쳐 온 둘은 함께 잘 지낼 수 있었다. 그러나 결국에는 그 노력의 결과를 얻지 못했다. 그녀는 라오자오가 미래에 대해서 꿈꾸고 약속했던 많은 것들을 위해서 아무런 노력도 하지 않는 모습을 보고도 충분히 참아주었다.

많은 사람들이 이별을 두고 물질적인 부분을 탓한다. 그러나 현실은 열심히 하겠다고 약속했던 남자가 노력 대신 게임에 몰두해놓고는 여자가 너무 물질에만 연연한다고 탓하는 것이다. 또한 여자는 남자와 함께하고 싶다면서도 언제나 가치 없는 가방에 돈을 쓰고, 이를 줄이면 부담이 줄어든다는 사실을 뻔히 알면서도 남자의 무능함만을 탓한다.

당신과 함께 노력할 사람을 찾은 것은 최대의 행운이다. 예전에 나는 "집안끼리 격이 맞아야 한다"는 어른들의 말에 코웃음을 쳤는데 이제는 그 말이 반드시 물질적인 부분만이 아니라 두 사람이 비슷한 성장 과정과 비슷한 인생관 및 가치관을 가지고 비슷한 목표를 향해서 어깨를 나란히 하고 걸어간다는 말일 수 있다는 사실을 알았

다. 대화를 할 때마다 늘 긴 설명을 덧붙여야 하거나 기본적으로 동행에 합의가 되지 않으면 얼마나 피곤할까? 그러므로 대화가 잘 통하는 일은 정말 중요하다.

당신을 기다리겠다는 사람을 소중히 대하자. 그리고 그 사람의 발걸음을 따라잡으려고 노력하자. 세상에는 그 누구도 누군가를 기다려야 할 의무가 없고 당신 때문에 원래의 자리에서 한없이 기다려야 하는 사람도 없다. 반드시 현재의 상태를 유지하면서 같은 배에서 함께 노를 젓고 함께 고통과 기쁨을 겪어야 한다. 감정을 적절히 유지하면서 비슷한 목표를 위해서 계속해서 어깨를 맞대고 동행하자.

지금 혼자라고 해서 안정감을 갖고 싶은 마음에 급하게 아무에게나 뛰어들지 말자. 안정감이라는 것은 원래 자신밖에 줄 수 없다. 스스로 안정감을 줄 수 있는 사람만이 그에 걸맞은 사람이나 같은 주파수의 사람을 만날 수 있다.

당신이 곁에 있는 사람과 대화할 때 긴 설명이 필요하지 않기를 바란다.

당신의 곁에 있는 사람이 당신과 어깨를 맞대고 동행하고 싶어하기를 바란다.

우리는 성장하는 과정에서
또 다른 사람이 된다

시간이 지나면서 우리는 조금씩 성장한다. 과거에는 너무나 소중했던 것이 그저 그런 것이 되기도 하고, 아무것도 아니었던 것들이 소중하게 느껴질 정도로 큰 변화를 겪는다. 그렇게 우리는 성장하면서 또 다른 사람이 되어간다.

———

어느 날 여 양이 나에게 위챗을 보내왔다.

"기분이 좋아서 〈리듬 마스터節奏大師〉 게임을 했는데 거기 나오는 노래를 듣다가 갑자기 슬퍼졌어."

"왜, 무슨 안 좋은 일 있어? 어떻게 〈리듬 마스터〉를 하다가 슬퍼질 수가 있어?"

여 양은 "글쎄"라고 대답하고는 그 노래에 자신의 눈물이 담겨 있는 듯했다고 말했다.

여 양이 저우제룬을 좋아한 지는 8년이 넘었다. 우리가 저우제룬의 신곡을 더 이상 듣지 않을 때에도 그녀는 늘 그랬듯이 첫 번째로 가서 앨범을 사왔다. 그러나 저우제룬의 모든 노래를 가보처럼 여기며 수집하던 나는 이제 그의 최신 앨범의 제목조차도 모른다.

여 양은 고등학교와 대학교 시절을 무려 8년에 이르는 짝사랑과 저우제룬의 음악으로 보냈다. 당시에 여 양과 그녀의 짝사랑 상대는 같은 학년의 옆 반에서 공부했고 같은 아파트에 살았다. 그녀의 짝사랑은 저녁에 귀가할 때마다 항상 이어폰을 끼고 있었다. 그때는 소니의 MP3가 가장 인기였는데 그는 그녀에게 자신이 듣는 노래는 모두 저우제룬이라는 가수가 불렀다고 알려주었다. 호기심에 이끌려 주말에 레코드 가게에 가서 저우제룬의 오래된 카세트테이프를 산 여 양은 이때부터 그의 노래에 완전히 빠져들었다.

그러다가 고등학교 1학년 여름방학 때 그녀의 짝사랑에 대한 감정이 한 단계 상승한 사건이 벌어졌다. 어느 날 우리 네 명은 노래방에 갔고, 그녀의 짝사랑은 저우제룬의 곡을 골랐다. 그녀는 그날 흰 셔츠를 입은 그가 어두운 노래방 안에서 빛을 내뿜는 듯이 느껴졌다고 말했다.

당시의 그녀는 아직은 부끄러움이 많은 어린 소녀였다.

우리는 그녀가 그와 데이트를 할 수 있도록 둘이서만 영화관에서 만나게 해주었다. 그러나 이렇게 좋은 기회에 여 양은 바보같이……
짝사랑과 영화관이 아니라 그 위층의 탁구장에 갔다. 그러나 탁구도
완전히 나쁘지는 않아서 그는 저녁에 그녀를 집에 데려다주면서 이
어폰 한쪽을 왼쪽에서 걷고 있던 여 양에게 나눠주었다. 그 이어폰
속에서 흘러나온 노래는 저우제룬의 〈간단한 사랑〉이었다. 그때 이
어폰에서 발음이 불분명하고 앳된 목소리가 들려왔는데 자기보다
머리 하나가 더 큰 짝사랑을 바라보던 여 양의 심장은 터질 듯이 뛰
었다. 이것이 그녀가 8년간이나 간직해왔던 짝사랑의 시작이었다.

　순식간에 고등학교 시절이 끝났고, 더 이상은 짝사랑이 보고 싶을
때마다 그의 반을 지나가는 척하면서 슬쩍 그를 훔쳐볼 수 없게 된
여 양은 마침내 고백을 하기로 결심했다. 마침 그때 한 선생님이 그
녀의 반과 짝사랑의 반 모두를 가르치고 계셔서 두 반이 함께 사은
회를 하게 되었다. 나와 여 양은 사은회에서 기회를 포착하여 몰래
술을 몇 잔 들이켠 다음 그가 그녀를 챙기게 만들기로 뜻을 모았다.
사은회에서는 그동안 몰래 연애를 하던 커플들이 연달아 공개를 했
고 선생님들도 이에 농담으로 화답하는 등 줄곧 화기애애한 분위기
가 이어졌다. 여 양의 짝사랑과 한 반이었던 나는 여 양을 끌고 그가
있는 곳으로 데려다주었다. 그러나 나중에야 그날 여 양이 짝사랑 앞
에서 부끄러워서 아무 말도 못 하고는 술을 마시면 용기가 난다는 말
이 생각나 아무 말 없이 그의 술잔을 빼앗아 한 입에 털어 넣었다는 말

을 들었다. 그날 그가 마시던 술은 도수가 높은 백주였는데……

결국 그는 그녀를 집에 데려다주었는데, 그녀의 아버지에게 꾸지람을 듣고 말았고, 여 양의 말에 따르면 그녀는 집에 가는 길에 두 번이나 구토를 했단다. 추한 꼴을 보였다고 생각한 그녀는 그를 볼 면목이 없어서 피해 다니며 그 여름을 보냈다. 여름이 끝나고 그녀는 난징으로 떠났고, 그는 샤먼으로 갔다.

대학교 1, 2학년 무렵 여 양은 그가 보고 싶을 때마다 이어폰을 끼고 저우제룬의 노래를 들었다. 저우제룬도 점점 유명해져서 더 이상 두 사람의 비밀스러운 존재가 아니라 누구나 아는 사람이 되었다.

대학교 3학년 때 해외로 가게 된 여 양은 출국하기 전날 밤에 집 앞에서 그와 만나기로 약속했다. 여 양은 자신이 "너를 좋아해"라는 말조차 하지 못할 줄 알고 하고 싶은 말을 쪽지에 적어서 건네려고 했지만, 하필 그날 바람이 심하게 불어서 그 쪽지가 바람에 날아가 버렸다. 그녀는 그와 함께 한 시간 동안이나 쪽지를 찾아다녔지만 찾을 수 없었고 마음이 조급해진 그녀는 내내 울었다. 그때 그녀는 자신이 그와 함께하지 못할 것이라는 생각이 들었다고 한다.

마침내 그녀는 아무 말도 못한 채 출국했고 나중에 그도 이사를 했다. 그리고 올해 초에 그들은 다시 만났다. 그는 졸업을 하고 외국 기업에 입사했지만 여 양은 취업 때문에 골치를 썩고 있었다. 나는 대학원 시험에 합격하여 갭이어Gap year(학업을 병행하다가 잠시 중단하고 봉사, 여행, 교육, 인턴, 창업 등의 다양한 활동을 직접 체험하며 진로를 결정하는 시간)를 막 시작했다. 우리들은 다시 동창회를 했는데 이때는 40여 명의 친구들이 모였다. 나와 팀은 여 양이 여러 해 동안 짝사랑을 잊지 못하고 있다는 사실을 알고 있었다. 왜냐하면 그녀는 중국 노래 중에서는 저우제룬의 노래만 듣고, 그의 모든 앨범은 꼭 사는 데다가, 기분이 안 좋을 때면 〈간단한 사랑〉의 가사를 적고, 길을 걸을 때 왼쪽에서 걷기를 좋아했기 때문이었다.

그날 그녀의 짝사랑은 오자마자 술을 두 잔이나 연거푸 마셨다. 그러고는 모임이 거의 끝날 즈음에 여 양에게 그녀가 수년 동안 기다려왔던 말을 했다.

"사실 그때 나도 너를 좋아했어."

만일 이야기가 우리가 기대한 방향으로 흘러갔다면 아마 여자 주인공이 이제껏 남자 주인공의 고백을 기다려온 멋진 줄거리가 되었을 것이다. 그러나 여 양은 잠시 멍하니 있다가 그에게 "맞아. 나도 그때는 너를 좋아했어"라고 말했을 뿐이었다.

그 후에 우리 넷은 노래방에 갔고 그녀는 저우제룬의 듀엣곡을 골랐다. 그러나 이미 오랫동안 저우제룬의 노래를 듣지 않았던 그는 남자 파트를 부를 줄 몰랐고, 그녀는 혼자서 노래를 부를 수밖에 없었다. 그리고 결국 함께 부르지 못한 노래처럼 그녀도 짝사랑과 함께하지 않았다.

오늘 어떤 30세 여성이 지금껏 짝사랑을 기다렸다는 글이 웨이보에서 인기가 있기에 이를 여 양에게 보내주었다. 여 양은 "이런 이야기는 결국 나에게는 일어나지 않았어. 감정을 다시 찾을 수 없다는 건 바로 그 사람이 기억 속에만 남아 있다는 말인가 봐. 그래도 서로 이어폰을 한쪽씩 나눠끼었던 날의 감정을 마음속에 그대로 간직할 수 있어서 좋아"라고 답했다.

서로를 짝사랑하고 있다는 사실을 알았을 때는 이미 선택의 시기를 놓친 경우가 많다. 당신이 좋아했던 그 사람이 마침내 "그때 나도 너를 좋아했어"라는 말을 건네면 눈앞이 아득해지면서 "응"이라고밖에 대답하지 못한다. 그래도 후회나 여한은 없으며 무기력하지도 않다. 이어폰을 끼고 자유를 좇던 소년이 더 이상 그 음악을 듣지 않더라도 당신은 그를 위해서 많은 일을 했고 예전에는 없었던 습관을 만들었기 때문이다. 두 사람이 이어지지는 못했지만 상대가 좋지 않아서가 아니라 다만 시기가 맞지 않았다는 사실을 당신은 알고 있다.

어떤 책이 좋지 않아서가 아니라 당신이 그 책을 읽을 기회가 없었거나 혹은 읽을 시기를 놓쳤기 때문일 수도 있다. 어떤 사람이 좋지 않아서가 아니라 당신이 연애를 하고 싶지 않았거나 혹은 누군가에게 안주하고 싶지 않았기 때문일 수 있다. 어떤 일이 나쁜 것이 아니라 당신이 마음이 복잡할 때에 일어났기 때문일 수 있다.

만남의 시기는 중요하다. 너무 일찍도, 너무 늦게도 안 된다.

시간이 많이 지나고 나면 그를 위해서 한 일들이 사실은 그가 아니라 자신을 위해서였다는 사실을 깨닫게 된다.

17세, 그녀는 그의 알람시계였다. 그는 그녀를 우연히 만나기 위해서 일찍 일어났다. 18세, 그녀를 집에 데려다 주는 길에 가로등불이 길게 그림자를 드리우던 그때 그는 그녀의 손을 잡고 싶었지만 결국엔 그대로 끝을 고했다. 19세, 그녀가 선물해준 목도리를 보면서 "진짜 안 예뻐"라고 말하면서도 끝내 벗지 않았다. 20세, 둘은 전화기를 붙잡고 살면서 밤새도록 끝없이 이야기를 나눴다. 21세, 결국엔 각자의 길로 가버렸다. 짝사랑보다 더 바보 같은 일이 무엇일까? 그것은 청춘의 시절에 서로를 짝사랑하는 일이다. 그들은 서로를 짝사랑하는 데 청춘을 다 써놓고도 결국엔 함께하지 못했다.

당시 그를 위해서 터질 듯이 뛰던 심장의 느낌을 그녀는 다시는 경험하지 못했다. 그들은 사랑과 우정 사이에 있었고, 서로를 짝사랑했지만 함께할 수 없었다. 그때 노래를 즐겨 듣지 않았던 소녀는 지금은 한 곡도 놓치지 않고 듣는다. 그때 노래를 즐겨듣던 소년은 오랫동안 이어폰을 끼지 않았다. 마치 하늘의 장난처럼 그를 다시 만나도 그때의 느낌이 없다면 예전의 모든 집착은 사라져버린다는 사실을 그녀는 느꼈을지 모른다.

사람들은 성장하는 과정에서 또 다른 사람이 된다.

어쩌면 이것이야말로 일반적인 인생이다.

사랑은 도대체 어디로 가는 걸까? 아마도 매일의 다툼 속에서 점점 생겨난 틈 사이로, 당신이 상대방의 기분을 소홀히 여길 때마다 서서히 사라졌을 것이다. 이 세상에 갑자기라는 것은 없다. 갑자기의 뒤에는 늘 기나긴 복선이 있다.

———

친구 A는 갑자기 이별을 했다. 주저하며 결정을 못 내렸던 그녀가 갑자기 누구보다 확고해졌다. 그들은 거의 6년을 함께하면서 헤어짐과 만남을 반복했지만 늘 함께했다. 그리고 그녀는 남자 친구의 잘못을 늘 용서했다. 그러나 이번에는 다툼의 도화선이 무엇인지 우리도 알지 못했고 단지 어렴풋이 사소한 일 때문에 완전히 갈라서게 되었다고 알고 있을 뿐이었다.

나는 또 다른 사건이 떠올랐다. B는 그의 여자 친구와 12년 동안 알고 지냈고 8년을 함께했다. 우리들은 모두 그들은 속속들이 알고 있어서 헤어질래야 헤어질 수 없다고 말했다. 그러나 그들은 결국 헤어졌다.

최근에 주변의 커플들이 노력의 성과를 맛보기도 전에 헤어졌는데 그들 대부분이 왜 이별의 길로 접어들게 되었는지도 모른 채 그냥 그렇게 헤어졌다. 아마도 이별의 원인은 감정이 서서히 변하기 때문인 듯했다. 예전에는 없어서는 안 될 사람이 이제는 없어도 그만인 사람이 되어버린 것이다.

당신은 어쩌면 포기할 수 없었던 것들을 어떻게 갑자기 포기할 수 있는지, 그 집착들이 도대체 어디로 갔는지 궁금할지 모르겠다.

그 사랑들이 어디로 갔을까? 아무도 모른다. 어쩌면 다툼을 할 때마다 서서히 사라졌거나, 당신이 또 그녀의 생일을 잊어버려서, 아니면 그녀가 아플 때 당신이 그녀의 곁에 있어 주지 못해서, 아니면 당신을 좋아하는 그녀의 감정을 당신이 늘 개의치 않는 것 같아서일 수도 있다. 10점의 사랑이 9점이 되고, 나중에 또 8점이 되고 그리고 언젠가는 사랑이 이미 서로를 지탱해주지 못한다는 사실을 깨닫는다.

그 집착들은 어디로 갔을까? 아무도 모른다. 어쩌면 마음속으로 정해놓았던 한계에 도달해서 포기했거나, 마음속으로 수도 없이 결심을 했거나, 아니면 킴처럼 질릴 만큼 상대에게 잘해주다가 어느

날 자신의 노력에 스스로 나가떨어졌거나, 상대의 태도에 당신의 마음이 완전히 돌아섰을지도 모른다. 그날이 바로 포기하는 날이다.

이전에 함께 어울렸던 한 친구가 생각난다. 우리는 모두 사이좋게 지냈었는데 그는 언제나 토마토케첩을 그릇째 던져버리고 싶게 만들었다. 예를 들면 띵띵ㄸ이 다이어트를 할 때, 비웃는 얼굴로 "너는 살 빼봤자야"라고 말하거나, 내 친구가 디자인을 배운다는 사실을 알고는 당연하다는 듯이 큰 과제를 떠넘기고는 고마워하지도 않았던 일 등이다. 우리들은 초등학교 때부터 함께 서로를 놀려대던 친구들이라 이제껏 참으면서 얼굴을 붉힐 일을 만들지 않았다. 그러나 결국 어느 날 그가 무슨 말을 했는지는 몰라도 친구들은 결국 참지 못하고 그에게 따끔하게 이야기한 후 그를 차단해버렸다.

사람은 누구나 실수를 한다. 그러나 자신의 실수를 책임지려는 각오가 있어야 한다. 사람들의 관용을 믿고 방자하게 행동해서는 안 된다. 때로 당신을 용서한 듯 보이지만 사실은 당신이 이미 그렇게 중요한 사람이 아니기 때문에 넘어가는 것이다.

우리는 90%의 낯선 사람들에게 따뜻한 관심을 보이면서도 주변 사람들에게는 무관심하거나 그들도 생각이 있다는 사실을 잊어버린다. 만일 당신이 그들에게 별로 신경을 쓰지 않거나, 그녀가 힘들어해도 늘 본인 일에만 바쁘거나, 늘 미래에 대해서 떠들어대기만 하고 실제로 노력을 하지 않으면 상대는 어쩔 수 없이 떠나게 될 것이다.

그러므로 이전의 사랑이 어디로 갔는지 의아해하지 말고 그가 당신의 실수에 왜 그렇게 화를 내는지 당황하지 말자.

이 세상에 갑자기라는 것은 없다. 갑자기의 뒤에는 늘 기나긴 복선이 함께한다. 당신은 갑자기 당신에게 화를 내는 사람이 그동안 얼마나 많이 참았는지 모를 뿐이다. 그리고 그 '갑자기'가 찾아오기 전에 관심과 경청으로 복선을 막을 수 있다. 곁에서 당신을 위해 걸음을 멈추기 원하는 사람은 누구나 소중하다.

세상의 모든 것에는 유효기간이 있다. 물론 사랑에도 유효기간이 존재한다. 진심 어린 감사만큼 이를 잘 보존할 수 있는 방법은 없다.

사랑은 아첨이 아니라 관심이다.

사람 함께 공명할 수 있는

살아가면서 나와 생각이 맞는 사람을 만나거나, 그 사람이 발걸음을 멈추고 당신과 함께하기를 원하는 일이야말로 가장 큰 행운이다. 이런 사람이 곁에 있다면 우리는 고독 속에서 배회하지 않아도 된다.

예전에 나는 "당신이 누군가를 곱게 보지 않는다면 이는 당신의 수양이 부족하기 때문이다"라는 글을 보고서 허튼 소리라고 생각했다. 다른 사람이 잘못한 건데 왜 내 잘못이란 말인가?

예전에는 사소한 일로 싸울 때면 싸우게 된 이유를 잊어버리더라도 필사적으로 자신을 변호하느라 상대도 나도 상처를 입었다. 그러나 생각해보니 말을 좀 적게 한다고 죽는 것도 아니고, 독하게 굴수록 돌아오는 것도 더욱 독해지는 듯하다. 남에게 퇴로를 열어주는 것이 결국에는 나 자신에게도 퇴로를 열어주는 것이다. 남이 틀렸다고 논쟁을 벌이기보다는 행동으로 자신의 옳음을 증명하는 편이 낫다. 다툼은 세상에서 가장 시간을 낭비하는 일이다.

사람들은 저마다 자신만의 가치관이 있기 때문에 이를 이해해주려고 노력해야 한다. 만일 정말로 이해할 수 없다면 그냥 떠나면 된다. 당신이 남을 설득할 수 없고 남도 당신을 설득하지 못하듯이 사람들은 다 자신만의 고집이 있다.

예전에 영화 〈관음산觀音山〉에서 이런 대사를 보았다.

"고독은 영원하지 않고 동행이야말로 영원하다."

당시에는 매우 감동적이었는데 나중에 생각해보니 동행이 영원한 것이 아니라 고독이야말로 영원한 것 같다.

사람들은 모두 자신만의 가치관이 있다. 당신은 당신의 것이 있고, 나는 내 것이 있다. 당신은 당신의 생활이 있고 나도 나의 생활이 있다. 그러나 신기하게도 생활이 아무리 천차만별이어도 늘 어떤 공통점을 찾을 수 있다. 그것은 바로 당신이 공평하다고 생각하든 말든 사람들은 모두 고독을 느낀다는 점이다.

생활이 힘든 것은 나쁜 일이 아니라 그저 당신을 고독하게 만들 뿐이다. 이러한 고독 때문에 사람들은 무리를 짓기 원한다. 같은 무리가 있으면 같은 것을 보고 왜 그렇게 흥분했는지를 설명하지 않아도 돼서 좋기 때문이다. 그런 경험을 하고 나면 느낌을 공유할 사람이 있고 힘들게 설명할 필요가 없다는 사실이 얼마나 행운인지 깨달을 수 있다.

만일 함께 나눌 수 있는 사람을 찾지 못한다면 성공도 아무런 의미가 없다. 세상 꼭대기에 서 있는 사람이라도 여전히 자신의 희열을 함께 나눌 사람을 찾고 있을 수 있다. 또 누군가는 세상의 골짜기 밑에서 넘어져서 자신과 함께 빠져나올 누군가를 기다리고 있을지 모른다.

사실 사람들은 함께 걸어가 줄 누군가를 필사적으로 찾고 있다. 이것이 바로 공명共鳴이라는 것이다. 가치관에는 옳고 그름의 구분이 있을 수 있지만 이를 누군가에게 적용할 때는 그 구분이 쉽지 않다. 그저 자신의 생각에 동의해줄 수 있고 자신과 함께 걸어가고자 하는 사람을 찾으려고 노력할 뿐이다.

2009년 애니메이션 〈메리와 맥스Mary and Max〉에서 나를 가장 감동케 했던 이 대사가 기억난다.

"내가 너를 용서하는 이유는 네가 완벽하지 않기 때문이란다. 너는 결코 완전무결하지 않아. 나도 그렇지. 완전한 사람은 없어. 문밖에 쓰레기를 아무렇게나 버리는 사람들이지. 내가 어렸을 때는 그저 나 자신을 제외한 어떤 사람이든 되고 싶었어. 버나드 하젤호프 박사님이 말씀하셨어. 만일 내가 어떤 외로운 섬에 있다면 나는 혼자서 생활하는 것에 적응을 해야 한다고. 거기에는 오직 야자나무와 나밖에 없지. 박사님은 내가 나 자신과 나의 결점 그리고 나의 전부를 받아들여야 한다고 하셨어. 우리는 자신의 결점을 선택할 수 없고 그것들도 나의 일부분이기 때문에 우리는 그런 것들에 적응해야만 해. 그러나 우리는 친구를 선택할 수 있지. 나는 너를 선택해서 정말 기쁘단다. 사람의 인생은 아주 긴 길이라서 아주 깨끗한 길도 있지만 나 같은 사람의 길은 바닥이 갈라지고 바나나 껍질이나 담배 꽁초가 떨어져 있어. 네 길도 내 것과 비슷하지만 내 길만큼 심하지는 않아. 언젠가는 네가 나의 길을 함께 걸어갈 수 있었으면 좋겠어. 그때가 되면 우리는 연유 캔을 함께 나눠 먹을 수 있겠지. 너는 내 최고의 친구이고 유일한 친구야."

사람마다 가치관이 만들어지는 과정은 모두 다르다. 유일한 공통점은 그 과정이 당신의 생각보다 훨씬 길고 견고하다는 사실이다. 예전에 나는 다른 사람의 가치관에 도저히 동의할 수 없을 때는 그를 부정하는 방식으로 자신의 옳음을 증명하려고 했다.

클럽에 자주 가는 사람을 나쁘다고 할 수 없고, 늘 빈둥거리는 사람을 보고 그 사람의 미래가 없다고 말할 수 없다. 더욱이 늘 웃는 사람이라고 해서 아무리 상처를 주어도 마음에 담아두지 않을 것이라고 생각해서는 안 된다.

이 세상에 완전한 사람은 없다. 그리고 인생의 길은 아주 길어서, 깨끗한 길도 있고 갈라지고 패인 곳이 가득한 길도 있다. 그리고 우

리의 길은 어느 날 만날 수 있다. 그때는 당신의 길이 어떤지, 과거에 얼마나 고통스러운 경험을 했는지는 아무 상관이 없다.

사랑도 그렇다. 진정한 사랑은 두 사람이 자신의 상황에서 최선을 다하고 함께 성장하면서 감정이 공명하는 것이다.

사람들은 모두 자신이 선택한 길을 걸어간다. 그리고 그 길은 수만 가지가 있어서 길을 합칠 만한 친구를 만나기는 정말 어렵다. 또한 사람들은 누구나 길을 걸어가는 과정에서 몇 번씩은 좌절감과 슬럼프 그리고 외로움을 겪기 때문에 서로를 깔보거나 비난하지 않으려고 최대한 노력해야 한다. 서로 공명할 수 없다면 최소한 상대방의 생활을 방해하지 않아야 한다.

시간이 갈수록 남을 비난하지 않고 다른 사람의 생활에 참견하지 않는 일이 쉽지 않은 수양이라는 생각이 든다. 남을 곱게 보지 못하는 것이 자기 수양과는 아무 상관이 없을지는 모르지만 함부로 비판하거나 잘 모르면서 참견하는 것은 자신의 수양과 분명 관련이 있다.

나는 내면의 소리에 귀 기울이고 다른 사람의 꿈을 얕잡아보지 않는 사람을 존경한다. 내면의 소리를 들을 수 있다는 말은 자신이 원하는 바를 잘 알고 외부 세계의 영향을 받지 않을 수 있다는 뜻이다. 그리고 다른 사람의 꿈을 얕잡아보지 않는다는 것은 인내심과 관용이 있어서 다른 사람을 비난하지 않는다는 말이다. 나는 살면서 이런 면을 잘 갖춘 사람이 되고 싶다. 이런 면모를 바탕으로 하면 더 멀리 걸어갈 수 있다.

모든 강물이 흘러서 결국에는 바다에서 모이듯이, 먼 곳까지 걸어가면 당신의 길과 나란하거나 교차하는 길을 만나게 된다. 공명이라는 것은 여러분의 생각이 어느 정도 비슷하다는 전제에서 당신이 어떤 사람인지, 어떤 것을 좋아하는지, 어떤 사람을 만나는지, 어떤 것에 감동을 받는지와 같은 부분으로 만들어진다. 이런 교차로는 당신이 충분히 멀리 걸어갔을 때에만 만날 수 있고 공명이라는 것도 당신이 많은 것을 준비해두었을 때에만 만날 수 있다.

영화 〈백야행〉에는 태양에 대한 이런 묘사가 나온다.

"나의 세계에는 태양이 없어서 어둠만이 있었어. 그러나 태양을 대신할 빛이 있었지. 비록 태양만큼은 아니었지만 그것만으로도 충분했어."

공명의 유효기간이나 사람이 가고 오는 일과는 상관없이, 누군가가 내 삶에 나타나는 것 자체는 감격스러운 일이다. 왜냐하면 이런 사람들 덕분에 당신은 고독 속에서 배회하지 않아도 되기 때문이다.

인생은 끝이 보이지 않는 방황이지만 일단 함께 공명할 수 있는 사람을 찾을 수만 있다면 세월이 아무리 되풀이되더라도 지루하게 느껴지지 않는다.

당신이 오랫동안 공명할 수 있고 무슨 말이든 함께 나눌 수 있는 그 사람을 찾기 바란다.

견디기 힘들면
뭘 좀 먹어, 바보야

함께한다는 것은 아첨하지 않아도 되는 상대와의 동행을 의미한다. 사랑하는 사람을 보면서 자신을 낮출 필요는 전혀 없다. 누군가와 함께 걸어갈 때는 어깨를 나란히 할 수 있는 것이 가장 좋은 상태이다.

———

주변의 친구들이 하나둘씩 실연을 겪는다. 그런데 그들은 몸이 아니라 영혼이 상해서 자존감이 엉망진창이 되어버렸다.

　베이징의 따란大然이라는 친구는 지하철 안에서 넋을 놓고 우는 바람에 우리가 달래느라 혼이 났다. 분명히 차인 것은 그녀였지만 그녀는 여전히 상대에게서 핑계와 이유를 찾았다. 위토우芋頭가 옆에서 말했다.

"사실 네가 사랑한 그 사람은 상상 속의 사람일 뿐이야. 그가 몇 번이나 너를 사랑하지 않아서 헤어지는 거라고 말했잖아. 그것 말고는 다른 이유는 전혀 없다고 말이야."

공교롭게도 난징에 도착했을 때 또 한 친구가 실연을 당했다. 그러나 그가 정말로 헤어졌는지 확실하지 않은 것은 그가 전 여자 친구와 영원히 단절될 수 없다고 말했기 때문이다. 그는 예전과 같은 사이도 아니면서 그녀와 함께 영화를 보고, 그녀의 컴퓨터를 고쳐주고, 그녀와 함께 거리를 돌아다녔다. 이런 관계가 1년 동안이나 간간이 이어졌지만 최근에 그녀는 그를 전혀 찾지 않았다. 불과 이틀 전 그녀에게 새로운 남자 친구가 생겼다는 사실을 듣기 전까지 그는 그 이유를 전혀 알지 못했다.

사실 우리는 과거를 되돌릴 수는 없다는 사실을 누구보다 잘 알고 있지만 포기하지 못하고 헤어진 후에도 계속 그때 더 잘했더라면 헤어지지 않았을 것이라고 자신을 탓한다. 그러나 정말로 과거로 돌아갈 수 있다 해도 당신은 또다시 미련하게 굴지도 모른다.

감정은 이 세상에서 가장 불공평한 일 중 하나이다. 사랑에 푹 빠진 사람에게는 반박할 수 없는 이유가 있고 이별을 말하는 사람도 역시 어쩔 수 없는 사연이 있다. 이렇게 사람들에겐 모두 자신만의 생각이나 고충이 있다. 그러나 당신도 알다시피 사랑이 충분하지 않다는 것 말고 다른 것들은 모두 핑계일 뿐이다.

인연이라는 것은 때로는 자신이 만들어내기도 한다. 당신이 새벽 두 시에 잠을 못 이루고 있는데 마침 그녀에게서 웨이보 메시지가 오거나, 어떤 노래를 반복 재생하는데 그녀도 이 노래를 듣는다는 사실을 우연히 발견할 수도 있다. 또한 당신도 〈슬램덩크〉를 좋아하는데 마침 그녀도 강백호의 팬이거나 쇼핑을 할 때 골목에서 그녀와 마주칠 수도 있다. 이런 우연은 매일 수없이 일어나는데도 당신은 그녀가 당신의 인연이라고 확신한다. 당신은 책장을 넘기다가 페이지 숫자를 보고 그녀의 생일을 떠올린다. 그리고 당신이 듣는 소리는 다 그녀의 이름을 연상시킨다. 왜 당신들이 인연이라고 생각하는 걸까? 왜냐하면 당신의 머릿속에 그녀가 가득하기 때문이다. 만일 당신의 머릿속에 다른 사람이 가득하다면 당신은 그 사람과의 인연을 발견한다.

그녀와 함께할 때는 길에 나란히 있는 두 그루의 나무들이 연애를 하는 듯이 생각되지만 헤어지고 난 후에는 그 나무들이 어떤 관계가 있다는 생각조차 하지 못할 것이다.

그날 따란이 계속해서 우는 모습을 보면서 실연이라는 것은 다른 사람이 도와줄 수 없는 일이라는 사실을 깨달았다. 우리가 아무리 설명해도 모두 헛수고일 뿐 그녀는 이해하지 못한다는 사실을 말이다.

때로 실연은 생사가 달린 큰 문제가 될 때도 있다. 사랑을 얻지 못한 사람은 목숨을 걸고 얻으려 하고, 사랑에서 도피하고 싶어하는 사람은 죽어라고 도망친다. 사람들은 상대가 자신을 사랑해주기만 하면 사랑을 위해서 얼마든지 고통을 감수하며 상대를 자신의 세계의 전부로 여기고 모든 것을 쏟아 붓는다. 그러다 상대가 떠나버리면 당신의 세계도 무너져 내린다.

하지만 시간이 한참 지나고 나면 이 세상에는 실연을 경험한 사람들이 수없이 많고, 그럼에도 다들 잘 살아가고 있다는 사실을 깨닫는다. 인생에 있어서 감정은 단지 한 부분일 뿐 전부는 아니다. 실연을 당한 그 순간에는 하늘이 무너진 것 같겠지만 사실 당신이 제대로 서 있지 못했던 것뿐이다.

당신이 괜찮은 사람이 아니라서, 키가 작아서, 잘생기지 못해서, 자상하지 않아서, 다정다감하지 않아서, 아름답지 않아서, 무슨 잘못을 해서 헤어진 것이 아니다. 수많은 커플들은 자주 싸우고, 애증의 관계에 있다가 헤어진다. 그리고 한쪽이 잘못을 저질러서 상대를 화나게 하는 일도 늘 있어 왔던 일이다. 이런 이유였다면 자신감을 가지고 당신의 내일에 원하는 누군가가 없을까 봐 걱정하지 말자.

자신의 결점을 받아들이지 못하면, 상대도 당신의 결점을 받아들이지 못한다. 왜냐하면 당신은 늘 자신 없는 태도로 맹목적으로 그의 의견에 따르고 매사에 조심하기 때문이다. 만일 당신이 매번 전화를 끊고 나서 그와의 관계를 걱정한다면 그 관계가 제대로 유지되지 않을지도 모른다. 왜냐하면 서로가 만족할 만한 안전감이 없다는 뜻이기 때문이다.

까치발을 하고서 누군가를 기쁘게 하느니 먼저 자신을 사랑하는 편이 낫다. 어느 날 까치발을 하지 않아도 그가 당신을 볼 수 있을 때까지 말이다. 만일 두 사람이 계속 불평등한 상태에 놓여 있다면 금세 균형을 잃는다. 쫓아가는 쪽은 힘들고 기다리는 쪽은 초조하다. 그러나 같은 주파수에 있는 사람을 사랑하면 상대방의 마음의 소리를 들을 수 있다.

실연의 의미는 성장에 있다. 그리고 당신이 같은 실수를 반복해서 저지르지 않게 도와준다. 이러한 성장은 급하게 또 다른 사람의 품으로 뛰어드는 쪽보다 훨씬 의미가 있어서 당신의 연애가 매번 좋지 않은 결말을 맺지 않도록 해준다.

실연이라는 일은 넓게는 당신을 성장하게 하는 좋은 기회이고, 좁게는 당신이 잘못 고른 상대에게서 벗어나는 일이다.

당신을 좋아하는 사람을 만나기 전에 이성적으로 혼자만의 시간을 갖고 적절한 시기에 적합한 사람을 만나는 것은 행운이라고 할 수 있다. 이는 참을성을 가지고 기다려야 하는 행운이고 미래의 그 사람에게 줄 수 있는 가장 좋은 선물이다. 이것은 바로 더 낫고, 더 따뜻하고, 더 행복하고 더 소중한 것을 아는 사람이 되는 일이다.

사랑에는 등식이 성립되지 않는다. 그를 죽도록 사랑하라는 말이 아니다. 그가 당신을 조금도 사랑하지 않는 것은 냉정하고 무정한 일이다. 그러나 누군가를 사랑하는 것은 그가 당신을 사랑한다는 전제를 필요로 하지 않는다. 그를 사랑하는 것은 그저 당신의 일일 뿐이다. 당신은 시작부터 이미 아무런 대가도 얻지 못할 수 있다는 사실을 이미 알고 있었다. 그러므로 연애를 하면서 저질렀던 바보 같은 일들을 나중에 기억할 때 자신이 얼마나 충동적이었는지가 아니라 자신이 얼마나 아무런 계산 없이 청춘을 보냈는지를 깨닫기 바란다.

그러나 이런 미련함에도 유효기간은 있다.

만일 당신이 아무리 정신 나간 짓을 한다고 해도 기분이 좋고 상관없다면 계속하라. 그러나 만일 더 이상은 힘들다면 그냥 놓아주자. 내려놓기가 정말 어려울 수도 있지만 먼저 자신을 최우선 순위에 놓고 생각해보자. 지난 20여 년 동안의 모든 일들이 당신을 망치는 사람을 만나기 위해서는 아니었을 것이다.

"정말로 견디기 힘들다면 뭘 좀 먹어, 바보야."

모든 만남에는
의미가 있다

언젠가 당신 안에 머물렀다가 떠나간 그 사람을 아름답게 기억하자. 그리고 오늘, 마음 속에 살고 있는 이야기에 이별을 고하자. 또 다른 누군가가 다가왔을 때 더 나은 사람이 되어 그를 반길 수 있도록.

———

내가 킴의 이야기를 쓰고 난 후 그는 계속 트집을 잡으며 나더러 내 이야기를 써보라고 했다. 물론 그의 이야기에 일리가 있기는 했다.

"자신의 얘기를 쓰는 일이 생각보다 훨씬 복잡한 거 몰라?"

내 말에 그는 정색하며 한 번도 본 적 없는 표정을 지었다.

"루쓰하오, 이제 너를 시험할 때야. 너는 한 번도 자신의 이야기를 쓰지 않았잖아. 네 이야기를 쓸 수 있다는 것이야말로 자신이 정말 그 연애에서 완전히 빠져나왔는지 알 수 있는 방법이라고."

나는 그의 말이 맞을지도 모른다는 생각에 차분히 앉아서 그 일을 잊어버리기 전에 적어보았다.

그녀와 나는 장거리 연애를 시작했다. 장거리 연애의 가장 불편한 점은 바로 그녀가 나를 필요로 할 때 곁에 있어 줄 방법이 없다는 사실이다. 유일한 장점은 수많은 연인들이 함께 지내면서 겪는 사소한 마찰을 피할 수 있다는 점뿐이다. 우리는 거리가 멀다는 사실 자체가 연애의 본질에 큰 영향을 주는 문제는 아니라고 믿었다. 극복할 사람들은 어쨌든 극복할 것이고, 헤어질 사람들은 헤어진다고 생각했다.

우리는 같은 고등학교를 다녔지만 친구가 그녀를 소개해줄 때까지 그 사실을 몰랐다. 고등학교 내내 나는 친구가 많아서 선배든 후배든 아는 사람이 꽤 많았는데 어떻게 그녀를 모르고 있었을까? 나는 늘 그녀가 고등학교 때는 분명히 지금처럼 예쁘지 않았을 거라고 놀리 듯 말했다. 그렇지 않으면 그녀를 진즉에 알았을 거라고 말이다. 그러나 그녀는 인연이 닿지 않아서라고 했다. 그녀는 우리가 일찍 알았다면 함께하지 않았을 수도 있다고 했고 나는 그 말도 맞다고 대답했다. 우리가 서로를 알기 전에 아마도 우리는 수도 없이 어깨를 스치고 지나갔을 것이다.

막 장거리 연애를 시작했던 어느 날 그녀는 이렇게 말했다.

"친구들이 다 나보고 병이 심하대. 내가 항상 전화기를 보니까. 수

업시간에도 보고, 밥 먹다가도 보고, 화장실에 갈 때도 가져가니까."

그러고 나서 그녀는 말을 이었다.

"우리가 메시지로만 연락할 수 있으니까 항상 바보같이 전화기만 붙잡고 놓질 못하잖아."

사실 더 많은 일들이 있었지만 생각이 난다 해도 적을 수 있는 것은 이런 일들뿐이다. 시간이 늘 좋은 점만 있는 것은 아니지만 많은 부분을 무디게 만들어주는 건 좋다. 나는 서로 상처를 주고 떠들썩하게 싸우면서 끝나는 이별을 많이 보았다. 그러나 다행히도 우리는 서로를 미워하지도 진심으로 축복하지도 않았다.

내가 귀국을 하고 나서 우리는 만났고, 그리고 그녀와 나는 헤어졌다. 그때 그녀는 아무리 생각해도 이해할 수 없는 이유를 댔는데, 나를 사랑하지 않아서가 아니라 어떻게 사랑해야 할지 몰라서라고 말했다.

"너 바보야?"

"맞아, 나 바보야, 바보라서 어떻게 사랑해야 할지 모르겠다고. 너무 소중해서 잃어버릴까 봐 두려운 마음을 알아? 우리는 처음부터 같은 주파수에 있지 않았어. 몰랐었다고 말하지 마."

"바보, 차이가 나면 서로 채워주면 되지, 너는 한 걸음만 걸어와. 내가 나머지 99걸음을 걸어올게, 어때?"

"왜 내가 시작부터 나와 같이 걸어줄 사람을 찾으면 안 되는 거야? 왜 오빠가 나머지 걸음을 걸을 동안 기다려야 해? 왜 같은 주파수에 있는 사람을 찾으면 안 돼?

"너는 이런 노력이야말로 진정한 사랑이라고는 생각 안 해?"

"아니, 틀렸어. 꼭 어려움을 겪어야만 진정한 사랑을 깨닫는 것은 아니야. 대부분은 어려운 문제들은 피해 갈 수 있다면 피해 가는 편이 옳다고 생각해본 적 없어?"

이것이 얼굴을 보며 나눴던 우리의 마지막 대화였는데 내가 지금까지도 이렇게 생생히 기억할 줄은 몰랐다. 당시엔 우리 둘 다 화가 났지만 지금 생각해보니 둘 다 틀린 말을 한 건 아니었다. 그저 시기가 맞지 않았고 생각이 달랐을 뿐이다. 한 번에 자신에게 딱 맞는 사람을 만날 수도 있겠지만 어떤 사람들은 좋지 않은 시기에 자신에게 맞지 않는 사람을 만나기도 한다. 자신도 그 이유를 모른 채 말이다.

그녀를 조금 늦게 만났더라면 내가 좀 더 성숙하지 않았을까 하는 생각을 한다. 또 가끔은 그녀 앞에서는 영원히 성숙한 모습을 보이지 못했을 거라는 생각이 들기도 한다.

헤어진 다음 날 건강을 조심하고, 밤을 새지 말고, 우유를 많이 마시고 몸을 따뜻하게 하는 일을 잊지 말라는 그녀의 긴 메일을 한 통 받았다. 지금은 메일함의 비밀번호를 잊어버려서 그 메일이 남아 있는지도 모르지만 말이다.

이제껏 거리에 대해서 걱정해본 적도 없다는 말은 아니지만 서로에 대한 감정이 좋았을 때는 거리가 그렇게 중요한 문제라고 생각하지 않았다. 나중에 사람들이 연애에 있어서 거리 때문에 달라지는 부분이 무엇이냐고 물었을 때 나는 거리가 바꾸는 부분은 없다고 대답했다. 그러나 이것은 그녀가 생각하는 거리가 무엇인지에 따라 달라진다. 거리 때문에 확실히 달라지는 부분도 있다. 당신이 그것이 무엇인지를 의식하지 못하면 많은 것들을 놓치게 될 것이다.

내 친구는 6년간 연애를 하다가 결혼에 골인했는데, 그 친구는 호주에 있었고 그의 여자 친구는 미국에 있었지만 감정이 흔들리지 않았고 오랜 노력의 결실을 보듯이 행복한 결말에 도달했다. 물론 주변에는 장거리 연애를 하다가 거리의 벽을 넘지 못하고 헤어졌다는 이야기도 있었다. 사실 이별은 날마다 일어나는 일이어서 누군가는 매일 함께 있더라도 헤어지고 또 누군가는 멀리 떨어져 있어도 여전히 관계를 유지한다. 결국 모든 것은 두 사람에게 달려 있을 뿐이다. 결과적으로 우리가 그 벽을 넘지 못했을 뿐이다.

솔직히 나는 이제 더 이상 그녀를 떠올리지 않는다. 킴의 제안이 아니었다면 말이다. 나는 이 글을 쓰면서 슬픈 감정이 생길 줄 알았는데 그저 그런 기분이 들 뿐이다. 결국 우리는 각자의 길을 가는 일에 익숙해졌고 나는 단지 그녀의 인생에서 만났다가 헤어져야 했던 사람들 중의 한 명이었을 뿐이다. 슬픔이나 실망의 감정은 모두 정상적인 반응이고 아마도 이 경험 덕분에 나중에 그녀에게 이런 일이 다시 생겨도 잘 헤쳐 나올 수 있으리라고 믿는다.

아름답게 기억해야 할 일들은 아름답게 기억하자. 분명히 함께했었던 사람인데, 안 좋은 기억들을 잊을 수 있다면 잊자.

이별을 했던 당시에는 물론 지금처럼 이렇게 차분하지 못했고 한동안 아주 힘들었다. 그래서 기분을 달래고자 예전에 함께 가기로 했던 곳을 여기저기 여행했다. 그러면서 나는 연애를 하던 때의 세상이나 헤어지고 나서의 세상은 별로 다르지 않다는 사실을 깨달았다. 마음만 있다면 예전처럼 빛나는 것들을 발견할 수 있다. 그러나 그럴 기분이 아닐 때에는 아무리 아름다운 풍경을 보아도 모두 헛수고일 뿐이다.

처음에는 그녀와 관련된 이야기를 길게 쓸 수 있다고 생각했다. 처음에 말했듯이 모든 사람의 연애 스토리는 모두 장편소설이니까 말이다. 그러나 쓰다 보니 딱히 쓸 만한 얘기도 없고 예전의 일들은 그냥 그 자리에 두는 편이 낫다는 생각이 들었다. 그녀를 만나서 배운 점들만 현재에 남겨두고 싶다.

누군가와의 만남은 이별을 의미하기도 한다. 단념할 수 있다면 좋겠지만 단념할 수 없어도 좋다. 성장을 통해서 나는 점점 받아들이는 법을 배우고 소중한 것들을 알게 되었다. 이것이 바로 결론이 없던 이야기들의 의미라고 생각한다.

킴은 내가 그를 위해서 결론을 맺어준 이야기를 내 아이에게 전해주겠다고 했다. 그러면서 내 이야기의 결론을 물었다. 그러나 오랫동

안 생각해보았지만 좋은 결론은 없었다.

사람들은 대부분 살면서 최소 한 번의 실연을 경험하고 또 인생에는 어쩔 수 없는 일이 있다는 사실을 알게 된다. 그저 이렇게 소중함, 꾸준함 그리고 장거리 연애를 어떻게 해야 하는지에 대한 경험들처럼 예전에는 몰랐던 부분을 배울 수 있는 것이다.

감격할 만한 기억을 남겼거나, 당신을 더 나은 사람이 되게 해주었다면 그 감정은 잘못된 감정이 아니며, 잘못된 사람을 만난 것이 아니다. 모든 만남에는 의미가 있다. 시간만 낭비한 만남이라는 것은 없으며 그 만남의 시간 동안 서로를 축복해주면 된다.

세상에서 가장 두려운 일은 그 사람의 사랑이 절실할 때 그 사람이 곁에 없는 것이다. 장거리 연애에서 거리는 문제가 될 수 있지만 결코 본질적인 부분은 아니다. 꾸준히 관계를 지속해가는 사람이 있는가 하면 포기하는 사람도 있기 때문이다. 당신이 상대를 믿고 상대도 꾸준히 감정을 지킨다면 걱정 없다. 오히려 나는 감정의 조건보다 사람을 믿는다. 믿을 만한 연애는 없지만 믿을 만한 사람은 있다. 끊임없이 잃기도 하고 얻기도 하는 그 과정에서 더욱 믿을 만한 사람이 되기를 바란다.

사람들은 다들 나중에 자신에게 맞는 사람을 만날 수 있다고 말하지만 도대체 자신에게 맞는 사람이라는 말이 무엇인지 분명하게 설명하지는 못한다. 나 역시도 자신에게 맞는 사람이 무엇인지 모르겠다. 맞는 사람을 찾기 위해서는 많은 조건이 필요한 것이 아니라 여러 번 골라보는 편이 좋다. 당신이 그의 곁에 있을 때 따뜻함이 느껴지고 안정감이 없이 전전긍긍하지 않는다면 다른 요소들은 없어도 그만이고 있으면 좋은 정도에 지나지 않는다. 이처럼 당신이 당신에게 잘 맞는 이런 사람을 만나면 진정한 사랑이 무엇인지 고민할 필요 없이 바로 알아차릴 수 있기를 바란다.

마지막으로 하고 싶은 말은 그가 당신의 삶 속에서 매우 중요한 일부분이더라도 보고 싶을 때 바로 연락이 되지 않을 수 있다는 점이다. 마치 우리가 서로를 가장 필요로 했던 순간에 서로의 곁에 있지 못했던 것처럼 말이다. 그러나 지금 당신이 필요로 할 때 항상 그 사람이 곁에 있어주기를 바란다.

이제 이 글을 마쳐야겠다. 그리고 지금 킴을 좀 때려줘야겠다. 이 글을 쓰기가 정말 쉽지 않았지만 이렇게 쓸 수 있는 나 자신을 칭찬해주고 싶다.

여기까지 읽은 사람들 모두가 평안하기를 바란다.

마침내 당신이 원하던 그 사람이 나타나면 마음에서부터 온도가 올라간다. 이는 상대도 마찬가지다. 이 느낌은 수많은 집들에서 새어 나오는 불빛이나 온 하늘과 논 위를 날아다니는 반딧불을 볼 때처럼 평온한 마음을 가져다준다.

———

중국의 민요가수 송둥예가 부른 〈동샤오제〉가 한창 인기가 있던 그때 딩 양은 매우 흥분한 말투로 위챗으로 말을 걸어왔다.

"너희들 〈동샤오제〉 들어봤어? 그게 바로 나를 표현한 노래야. 내가 바로 그 여학생이라고."

"너 지금 네가 야생마라고 말하는 거야?"

킴의 말에 딩 양은 빠르게 반격했다.

"야, 이 노래에 나오는 굴하지 않는 기개 있는 강한 여성의 이미지를 말하는 거야."

지금도 나는 〈동샤오제〉와 강한 여성 사이에 무슨 관련이 있는지 모르겠다. 그녀는 야생마처럼 빠르게 강인한 여성상을 향해 달려가고 있었다. 특히 박사과정을 마치고 논문을 준비하면서 머리를 짧게 자른 모습은 더더욱 그녀가 정해놓은 이미지와 맞아떨어졌다.

물론 모든 야생마가 처음부터 야생마는 아니어서 가능하다면 그녀들이 어느 초원에 머물 수도 있다고 생각한다. 지금은 얼굴에 '남자는 필요 없는 여자'라는 라벨을 붙인 딩 양도 스무 살 무렵에는 사랑하는 사람을 위해서 옷을 빨고 밥을 하는 현모양처가 꿈이었다. 말을 타고 번개처럼 달리기 전에는 그녀도 한자리에 머물고 싶은 마음이 있었다.

막 스무 살이 되었던 해에 대학교 2학년을 마쳤던 딩 양은 남자 친구와 함께 프랑스에 가서 공부를 하기로 했다. 물론 유학은 그녀의 집안에서 정해준 일이었지만 부모님께 남자 친구 때문에 프랑스를 선택했다고 말씀드리지는 않았다. 그러나 수속을 모두 마친 두 사람은 출국을 앞두고 크게 싸우고 말았다. 원래 두 사람은 공부를 마치고 베이징으로 돌아올 계획이었는데 남자 친구가 자신은 프랑스에서 계속 머물 생각이라는 말을 우연히 흘렸기 때문이었다. 원래의 계획과 완전히 다르긴 했지만 딩 양이 화가 난 이유는 결코 이것 때문이 아니었다. 딩 양이 화가 난 이유는 출발할 때가 되어서야 상대방의 진짜 생각을 알게 되었다는 데 있었다. 그날 그녀는 두 눈에서 빛이 나는 그를 보면서 물었다.

"내가 네 계획을 알면 함께 프랑스에 가지 않을까 봐 그래서 이제껏 나한테 숨겼던 거야?"

이미 결정된 일을 바꾸기가 쉽지 않은 데다가 작은 결정도 아니었기 때문에 그들은 계획대로 출발했다. 그리고 딩 양의 말을 그대로 빌리자면 둘이 함께 있을 수만 있다면 앞으로 어디에서 지내던 아무 상관없었다.

얼마 전 딩 양이 모멘토에 귀국 소식을 알리기 전까지 나는 그 이야기가 이렇게 일단락이 난 줄 알았다.

"너희들 왜 돌아왔어? 프랑스에서 큰 꿈을 펼치겠다고 하지 않았어?"

딩 양은 담담하게 말했다.

"나 혼자 돌아왔어. 헤어졌어."

사실 지미Jimmy는 딩 양을 좋아했다. 이 사실은 한 명을 제외하고는 비밀이 아니었다. 그날 위챗으로 딩 양이 〈동샤오제〉를 좋아한다는 사실을 안 지미는 만날 때마다 항상 이 노래를 흥얼거렸다. 특히 "한 마리 야생마를 사랑했지만 우리 집에는 초원이 없네"라는 구절을 말이다. 진짜로 그의 심정을 말하는 듯했는지 그는 이 노래를 부를 때마다 항상 이 구절에서부터 시작했다.

야생마든 아니든, 초원이 있든 없든, 이는 모두 본질적인 문제는 아니다. 만일 그녀가 정말로 초원에 머물기를 원했다면 그녀는 머물렀을 것이다. 그러나 그녀가 초원을 좋아하지 않는다면 설령 사하라 사막을 초원으로 만든다고 해도 그녀는 상관없이 멀리 질주할 것이다.

지미는 딩 양의 남자 친구가 양다리를 걸쳤기 때문에 헤어졌다고 알려주었다. 그것은 그녀가 정성을 쏟는다고 해서 꼭 그에 상응하는 보답을 얻지는 못한다는 사실을 깨달은 첫 번째 사건이었다. 당시 남자 친구의 미래 계획 속에 자신이 없다는 사실을 알게 되었을 때 그녀는 과감하게 그를 떠났어야 했다.

그러나 인간은 미래를 함께할 수 없는 사람에게는 너무 많은 것을 쏟아 붓지만 불투명한 미래의 꿈을 위해서 목숨을 걸기를 원하지는 않는다. 사실은 이와 반대여야 한다. 꿈은 미래가 불투명하다고 해서 당신을 떠나지 않는다. 당신이 계속해서 밀고 나가겠다고 결정하면 꿈은 그대로 거기에 있다. 그러나 처음부터 당신을 자신의 미래의 계획에 넣지 않았던 사람은 영원히 당신을 넣어주지 않는다.

그날, 굳은 맹세를 하는 남자 친구를 보면서 갑자기 모든 일이 우습다는 생각이 든 딩 양은 그동안 모아둔 끈기를 이용하여 그와 단칼에 헤어지고는 그 뒤로 고삐 풀린 야생마처럼 채찍질을 하며 끝없는 질주를 계속하고 있다.

그녀는 자신이 독에 중독되었는데 그를 해독약으로 착각해서 이제 모든 예방 조치를 했다고 생각했지만, 알고 보니 그는 돌팔이 의사였고 오히려 그녀의 중독 증세는 더 심해졌다고 했다. 결국 요괴가 된 그녀는 오히려 어떤 독에도 중독되지 않게 되었다고 말했다.

그러나 그녀는 어떤 사람이 며칠 동안 〈동샤오제〉를 녹음해두고도 그녀에게 들려주지 못하고 있다는 사실을 모르고 있다. 우리가 보기에 지미는 비록 마음은 여리지만 그녀의 전 남자 친구에 비하면 훨씬 낫다. 그렇지만 그들은 더욱 '평생 친구'에 가까워질 뿐 반대로 발전되지는 않는다. 대부분의 사랑의 고뇌는 당신을 중독시킨 그 사람이 해독약이 아니라는 데 있다.

이제 고통스럽지 않은 이야기를 해보자. 나와 이름이 같은 케빈 Kevin은 올해 결혼했다. 그의 결혼 상대는 바로 게임을 하다가 알게 된 여성이다.

그가 우리에게 연애를 하고 있다고 알려주었던 때가 기억난다. 우리는 그의 연애에 대해서 애매한 태도를 보였다. 물론 인터넷으로 만난 사이를 좋게 보는 사람은 아무도 없는데다가 둘은 만 킬로미터나 떨어져 있었다. 하지만 그들은 결국 결혼에 골인했다. 예전에 가장 시끄럽게 떠들었던 친구들은 입을 다물 수밖에 없었고 아무도 그들의 감정을 더 이상 의심할 수 없었다.

평소에 한 번도 닭살 돋는 말을 하지 않았던 그는 결혼 영상에서 신부에게 이렇게 말했다.

"나는 예전에 정말 많은 사람을 만났어. 열이 나게 하는 사람도 있었고, 차갑게 만든 사람도 있었고, 나를 그저 따뜻하게만 만들었던 사람도 있었지. 그러나 너만은 내 체온을 딱 적당하게 올려주었어. 너는 내가 걸린 모든 병의 해독제야. 나와 결혼해줘."

동명이인인 나에게는 그런 기회가 없었다. 나는 작년에 선을 보았는데 별다른 일은 생기지 않았다. 둘이서 밥을 먹으면서 어색함을 감출 길이 없었는데, 이를 계기로 아직은 급하게 허둥지둥 결혼할 단계가 아니라는 사실을 깊이 깨달았다. 서둘러 밥을 먹고 나온 뒤로 다시는 그녀와 연락을 하지 않았다. 그때 나는 맞선이라는 것이 서로 집이 있는지, 차가 있는지 등의 집안 상황을 미리 파악하여 번거로움이나 집안의 반대를 피할 수 있는 아주 좋은 해결 방법이 될수 있다는 사실을 깨달았다.

하지만 시장에서 야채를 사는 듯한 기분이 드는 것은 어쩔 수 없다. 지난 20여 년의 세월이 숫자로 환산되어 라벨을 붙이고 성격이나 다른 부분들은 모두 제쳐둔 채로, 집이 있고, 차가 있고, 시 단위에 호적이 있으면 순조롭게 결혼을 할 수 있다. 이것이 시장에 가서 장을 보는 것과 무슨 차이가 있을까? 그저 당신의 가격이 배추보다 조금 비쌀 뿐이다. 왜 한 사람이 줄곧 노력해온 인생이 마지막에 가서는 팔다 남은 상품처럼 할인 가격에 팔려야 하는 걸까? 그렇다면 차라리 나는 딩 양처럼 어떤 독에도 중독되지 않는 요괴가 되는 쪽을 선택하겠다. 그래도 어쩔 수 없다면, 그냥 어쩔 수 없으면 된다.

다시 딩 양으로 돌아가서, 지난달에 딩 양은 연애를 시도했다. 우리들은 지미의 반응을 걱정했지만 지미는 아무렇지도 않았고 억지로 꾸며낸 표정이 아니라는 사실도 알 수 있었다. 마음을 접기보다는 이런 방법으로 그의 6년간의 짝사랑에도 마침내 마침표를 찍을 수 있으니 이 역시 좋은 일이다. 나는 야생마가 된 딩 양을 붙잡을 수 있는 사람이 존재한다는 게 상상이 되지 않았지만 이는 모두 딩 양 자신의 일이었다.

어떤 독으로도 중독이 되지 않는 요괴라 할지라도 다른 사람을 가까이 오지 못하게 하는 독을 가지고 있다. 그리고 이를 해독할 방법은 오로지 독으로써 독을 치료하는 수밖에 없다. 어쩌면 요괴의 숙명은 세상으로 들어가 또 다른 요괴를 만나서 동병상련으로 서로의 고통을 나누는 방법밖에 없는지도 모른다.

모든 사람의 해독약은 시간이 아닐까 하는 생각이 든다. 이는 세상에서 가장 공평한 진리로, 시간은 당신을 누군가에게 보내서 중독이 되게 한 뒤에 해독약을 줄 또 다른 사람에게 데려간다. 그렇다면 왜 애초에 당신을 중독시켰는지, 누가 당신이 자신도 모르게 다른 사람을 중독되게 했는지 따지지 말자. 어쩌면 당신이 모르는 사이에 누군가는 이미 당신을 열 번이나 사랑했는지 모른다.

당신은 독이 해독되기까지 인내심을 가지고 내실을 기하면서 기다려야 한다. 서로를 만날 때까지 자신을 단련하면 그 사람은 한눈에 당신을 알아볼 것이다. 그 사람이 당신의 삶 속으로 들어오고 나면 왜 이전의 연인과 결실을 맺지 못했는지 이해할 수 있을 것이다.

엊그제 친구의 소개로 〈베티 블루〉라는 영화를 보았다. 예술 영화는 대부분 난해해서 제대로 이해를 못하는데 이 영화도 마찬가지였다. 그러나 이 영화 속의 대사를 듣고 나는 왜 케빈이 여자 친구를 자신의 해독약이라고 말했는지 알 수 있었다.

"사랑이 오면 사람의 체온은 0.2도 상승한다."

"나는 예전에 정말 많은 사람을 만났어. 어떤 사람은 나를 열이 나게 해서 그것이 사랑이라고 생각했지만 결과는 모든 것이 타버렸어. 어떤 사람은 나를 차갑게 만들었는데 그래서 생명이 사라졌지. 어떤 사람은 나를 따뜻하게 해주었지만 단지 따뜻할 뿐이었어. 오직 너만이, 나의 체온을 0.2도 올려주었어."

여러분 모두 자신의 37.2도에 속하는 사람을 찾을 수 있기를, 당신을 전혀 다른 눈으로 보아주는 그 사람을 찾기를, 당신이 세상으로 걸어 들어갈 수 있는 해독약을 찾기를 바란다.

갑옷 아킬레스건과

누군가를 사랑하면 처음에는 아킬레스건처럼 소중히 다루다가 나중에는 갑옷을 입은 것처럼 든든해한다. 영원히 나를 지탱해주는 힘이고 또한 이 세상에서 내 마음을 움직일 수 있는 유일한 분인 부모님은 바로 나의 아킬레스건이며 갑옷이다.

———

캔버라에 있을 때 한 친구는 매일 아버지에게 전화를 걸어서 그날 있었던 일을 10분 정도 이야기했다. 나는 저럴 필요가 있을까 생각하면서도 부자지간에 그렇게 할 말이 많다는 사실이 부럽기도 했다.

어느 날 아버지에게서 전화가 왔다. 여기는 이미 새벽이었기 때문에 나는 전화번호를 보는 순간 혹시 무슨 나쁜 소식이 있을까 봐 심장이 쿵 내려앉는 듯했다. 그러나 아버지는 "별거 아니고, 그냥 엄마가 너 보고 싶어해. 언제 돌아오니?" 이 한마디를 하셨을 뿐이다.

간단하게 몇 마디를 나누고서 아버지는 바로 전화를 끊었다. 솔직히 집을 떠나온 시간이 길어지면서 부모님과 연락을 하는 횟수도 줄어들었다. 막 출국을 했을 때 어머니는 매일 나와 화상채팅을 했지만 지금은 한 달에 한 번 정도 QQ(중국의 메신저 프로그램)로 나를 찾으신다. 점점 부모님으로부터 독립하고 있는지는 몰라도 확실히 부모님과의 관계가 예전과는 달라진 듯하다.

어머니는 친구 분들과는 달리 한 번도 아들에게 닭살 돋는 말을 한 적이 없으셨다. 그리고 아버지도 거의 전화를 하시지 않고 한 달에 한두 번 정도 나의 QQ에 밑도 끝도 없는 몇 마디를 남기신다. 어릴 때부터 부모님과의 소통 방식은 항상 그랬다. 대화나 교류가 거의 없었고 함께 여행을 갔던 일도 어릴 적 몇 번 밖에 없다.

귀국한 후 함께 식사를 할 때 어머니는 가끔씩 내가 어렸을 때의 일을 이야기해주셨다. 내가 일곱 살 때 엄마는 이제 일곱 살이 되었으니 혼자 밖에 나가서 놀아도 된다고 알려주셨다. 그 후 어느 날 나는 낮에 몰래 집을 빠져나와 회사로 엄마를 찾으러 갔다. 하지만 나는 길을 잃어버렸고, 퇴근을 하고 집에 돌아와서 이 사실을 안 엄마는 나에게 이 말을 한 일을 정말 후회하셨다고 한다. 그리고 한참 후에야 엄마의 동료가 전화로 내가 회사에 있다고 알려주었다고 했다.

나는 이 일을 완전히 잊고 있었는데 엄마가 이 이야기를 하실 때 할머니가 옆에서 몰래 눈물을 훔치셨다.

할머니가 우시는 모습을 본 것이 이번이 처음은 아니었다. 연세가 많아질수록 오히려 어린아이처럼 되시는지 할머니는 새로운 물건이 생기면 내색하지 않으려고 하셔도 이내 숨기지 못하고 어린아이처럼 종일 즐거워하신다. 내 기억에 할머니가 우시는 모습을 본 것은 세 번밖에 되지 않는데, 그것도 모두 다 나 때문이었다.

한번은 내가 출국할 때 출입국 심사하는 곳에서 뒤를 돌아보았더니 할머니가 몰래 울고 계셨다. 그리고 또 한 번은 가족들의 배웅을 마다하고 집을 떠나던 날 할머니께서 나에게 짐을 넘겨주시다가 결국엔 눈물을 쏟으셨다.

나는 손자를 떠나보낼 때의 심정이 어떨지, 컴퓨터나 전화기를 사용할 줄 모르면서 어떻게 내 소식을 접하는지, 자녀가 더 이상 도움을 필요로 하지 않을 때의 심정이 어떨지, 우리가 다 크고 나면 후련한 기분일지 섭섭한 기분일지 가늠할 수가 없다.

부모님이 더 연로해지시기 전에 함께할 시간이 있지만 부모님은 더 이상 우리를 붙잡아둘 수 없다. 시간은 세상에서 가장 잔인하다.

자세히 생각해보면 어머니가 QQ, 위챗, 웨이보와 같은 새로운 것들을 접하신 계기는 모두 나 때문이었다. 사실 나는 부모님이 내 생활을 들여다보신다는 사실이 정말 싫지만, 한편으로는 내가 집에 없을 때 텅 빈 내 방을 보면서 어떤 기분이 드실지 상상이 되지 않는다.

어릴 적 어머니는 나의 영웅이셨다. 한 번도 나약한 모습을 보이신 적이 없고 내 앞에서 슬퍼하신 적도 없으셨다. 딱 한 번 기억나는 것은, 내가 컴퓨터를 하고 있을 때 뒤에서 어릴 때부터 독립적인 성격이어서 그런지 크고 나서는 더 거리감이 느껴진다는 말씀을 하신 적이 있었다. 나는 그때 이어폰을 끼고 있었지만 음악 소리가 그렇게 크지 않아서 어머니의 말씀을 똑똑히 들을 수 있었다. 그러나 나는 고개를 돌릴 엄두가 나지 않아서 원고를 읽는 척했다.

나는 부모님이 나의 아킬레스건이라는 사실을 알고 있다. 부모님께 무슨 문제라도 생기면 나는 반드시 집으로 돌아갈 것이다. 만일 부모님이 나에게 생활방식을 바꾸기를 원하신다면 고뇌하고 버둥대며 부모님을 설득하려고 노력하거나 아니면 나 자신을 설득할 것이다. 스무 살이 넘어서 자신의 꿈과 부모의 기대 사이에 충돌이 생기면 합의점을 찾기가 쉽지 않다. 그렇지만 한편으로는 부모님이 나의 결심을 보기 원하시는 것뿐이라는 사실을 알고 있다.

부모님은 나의 갑옷이기도 하다. 내가 낙담하고 힘이 들 때에도 부모님을 생각하면 힘이 솟고 부모님이 나이 드시기 전에 빨리 성공해야겠다는 생각이 든다. 부모님을 생각하면 좌절이나 어려운 일도 대수롭지 않게 여길 수 있다.

하늘이 무너져 내리면 부모님이 바로 나의 외로운 세상의 영웅이 되어주신다. 하늘이 어두워지면 부모님이 바로 빛이다.

나는 어릴 적으로 돌아가고 싶다는 생각을 수도 없이 한다. 할머니가 나보다 여전히 키가 크시고, 늘 할아버지 밥그릇에 내 밥을 덜고, 어머니도 지금처럼 이렇게 몸이 약하시지 않고, 아버지가 영원히 쓰러지지 않는 슈퍼맨인 줄 알았던 그 시절로 말이다.

———

어릴 때는 변두리에 살았기 때문에 시내에 가려면 아주 낡은 버스를 타야 했다. 그때 나는 날씨가 덥거나 할머니가 편찮으셔도 개의치 않고 할머니에게 시내에 가자고 졸랐다. 할머니는 언제나 나의 애원에 화답하여 시간이 날 때마다 나를 데리고 가주셨다. 당시 버스 정거장에는 플랫폼이나 앉아서 기다릴 의자도 없이 푯말만 하나 달랑 있어서 할머니는 내가 햇볕을 너무 많이 쬘까 봐 언제나 할머니 그림자 뒤로 숨겨주셨다.

이것이 어릴 적 할머니에 대한 기억이다. 할머니는 나의 '히어로' 셨고 할머니의 그림자도 항상 커 보였다.

그때는 서점에 자주 갔는데 버스 타기를 누구보다 좋아했던 나는 한 시간씩 버스에 앉아 있는 일도 마다하지 않았다. 그리고 서점에 가면 할머니를 졸라서 만화책을 잔뜩 산 다음 할머니와 한통속이 되어 어머니 몰래 할머니 방에 숨겨두었다. 어머니가 텔레비전을 못 보게 할 때면 나는 할머니 방으로 갔다. 그 덕분에 몰래몰래 〈드래 곤볼〉과 〈슬램덩크〉, 그리고 2002년 월드컵까지 섭렵할 수 있었다.

초등학교 무렵에 아버지가 직장을 옮기면서 우리는 시내로 이사 를 갔다. 이제 서점이 가까워져서 아쉽게도 버스를 탈 필요가 없이 늘 걸어 다녔다. 그때 서점을 3층으로 새로 지어 올렸는데 3층에는 참고서를 파는 코너가 있었고 아래층에 아이스크림 가게가 문을 열 어서 그 곳이 나와 친구들의 아지트가 되었다. 음악 전문 채널이 생 긴 것도 그 무렵이어서 텔레비전에서 저우제룬의 노래를 매일 들을 수 있었다. 서점의 2층에는 음반가게도 있어서 나는 어머니 몰래 카 세트테이프를 산 다음 영어 테이프 통에 숨겨두고는 매일 자기 전에 들었다.

나는 더 이상 어린아이가 아니라는 사실을 증명하고 싶어서 할머 니가 서점에 가자고 할 때마다 손을 내저으며 거절했다. 나중에 곰

곰이 생각해보니 초등학교 이후로 할머니와 함께 서점에 간 적이 없었다. 나중에 서점의 규모는 더 커졌고 카세트테이프도 사라졌다.

내가 어머니를 처음 만난 것은 어머니가 겨우 23세 때였다. 어머니가 처음으로 나를 보았을 때가 분명 어머니의 인생에서 가장 아름다운 시절이었을 것이다. 그러나 당시 나는 쉬지 않고 울어대느라 어머니의 가장 아름다운 모습을 보는 일을 잊어버렸다.

어릴 적 텔레비전에서 〈달려라! 부메랑〉(미니카를 소재로 한 일본의 애니메이션)을 방영할 때 나는 미니카를 사달라고 졸랐다. 어머니는 아무런 대꾸도 하지 않았고 나도 그 일을 잊어버렸다. 아빠가 시내로 직장을 옮기기 전에는 어머니는 시내에 거의 나가시지 않았는데 어느 날 흥분한 얼굴로 나에게 무엇을 사 왔는지 맞혀보라고 말씀하셨다. 나는 아무 생각 없이 멍하니 서 있었다. 그러자 어머니는 미니카를 내 앞에 내려놓았다. 이제는 그 미니카가 어디 있는지도 모르지만 어머니의 그 표정만큼은 지금도 기억하고 있다.

기억 속의 어머니는 언제나 수다스러워서 한 가지 일을 몇 번이고 반복해서 말씀하셨다. 고등학교 시절에는 반항기에 접어들어서 늘 어머니와 싸웠고 보통은 어머니가 세 마디도 안 하셨는데도 귀찮아 죽을 지경이었다. 부모님과 관련된 글을 보면 마음이 아파서 죽을 듯한 기분이 들고 어머니가 나를 위해서 얼마나 많은 정성을 쏟았는지를 알면서도 여전히 어머니에게 화를 내고 어머니의 화를 돋웠다.

시간이 더 지나고 나서 나는 해외로 떠났다.

어머니는 매일 아침 내 방을 청소하는 습관이 있었다. 언젠가 어머니가 아침에 내 방에 들어가서 반나절이 넘도록 나오시지 않았다는 이야기를 아버지에게 들은 적이 있다. 이불을 개고 또 개고, 책상을 닦고 또 닦고, 옷장 안을 정리하고 또 정리하는 어머니의 마음을 알 듯하면서도 한편으로는 그 마음을 상상도 할 수 없었다.

2년 전 해외에 머물 때 어머니는 내가 집에 다녀갈 때마다 내가 보면 속상해 할까봐 몰래 눈물을 훔치셨다. 내가 짐을 옮기느라 몸을 돌렸을 때 어머니의 눈에서 눈물이 떨어지던 모습이 생생하다. 그것은 난생 처음 본 어머니의 우는 모습이었다. 나는 뭐라고 말해야 할지 몰라서 못 본 척 "저 가요"라고 말하고는 뒤도 돌아보지 못한 채 카트를 밀면서 계속 앞으로 갔다. 어머니는 항상 출입국 심사대까지 따라 오시지 않고 탑승권을 건네주시고는 그 자리에서 아버지에게 배웅을 부탁하셨다. 평소에 쉬지 않고 잔소리를 하시는 어머니였지만 그때는 아무 말도 하시지 않으셨다. 늘 그 모습이 의아했는데 나중에 알고 보니 작별을 아쉬워하는 모습을 감추기 위해서였다.

이처럼 부모님은 억지로 강한 척을 하시는 분들이다.

내 방에는 평범한 사진이 몇 장 놓여 있다. 사진 속의 나는 초등학생이고 그때의 할머니는 나보다 키가 크시다. 또한 옷차림에 신경을 쓰시지 않은 모습의 아버지도 보이고, 아직 머리를 짧게 자르기 전의 어머니 모습도 보인다. 모두 내가 찍은 거라 어머니가 기둥에 가려졌거나 아버지는 늘 뭔가를 드시고 계시며, 할머니는 카메라를 보고 계시지 않은 이상한 사진들이다. 다행히 제대로 찍은 사진도 몇 장 있는데 그 사진 속에서 어머니는 손으로 브이 자를 만들었고 할머니는 기분 좋게 웃고 계시며 아버지는 어머니를 감싸 안은 상태다.

사진을 보면 부모님의 청춘이 모두 흘러가버렸다는 생각이 든다. 부모님도 예전에는 꿈이 있었고 재능이 넘치고 아름다운 모습이셨다. 다만 내가 태어난 후부터는 기꺼이 나를 부모님의 꿈으로 삼아서 모든 정력을 나에게 쏟으셨다. 그리고 그저 내가 잘 지내면 그것으로 만족해하셨을 뿐이다.

견딜 수 없는 순간에 뒤에 있는 가족을 생각해보자. 이것이 바로 우리가 계속 나아가야 할 이유다.

아무리 빠르게 성장한다 해도 부모님이 나이 드시는 속도에 비하면 여전히 느리다.

나는 부모님의 자랑이 되고 싶다. 그리고 어느 날 아이가 생기면 꼭 부모님처럼 멋진 부모가 될 것이다.

할머니와 어머니의 생신은 공교롭게도 똑같이 음력 12월 8일이다. 매년 연말이 되면 두 분의 생신을 축하드리지만 또 한편으로는 시간을 멈추고 싶기도 하다.

어머니는 늘 나의 웨이보를 처음부터 끝까지 읽으신 후 진지하게 평가를 해주신다. 그러나 원래 인터넷을 좋아하시지 않는 어머니는 만일 내가 없었다면 웨이보가 무엇인지도 몰랐을 것이다.

이 글을 내 삶에서 영원히 큰 영웅인 부모님께 드린다.

PART 2

꿈꾸는 청춘

청춘이지 이런게바로

청춘에는 나이가 들기를 원하고, 늙고 나서는 또 청춘을 그리워한다. 그러나 오랜 후에는 지나온 매 순간이 최고의 순간이었다는 사실을 깨달을 것이다. 과거에서 살지 말고, 미래에서도 살지 말자. 지금을 사는 것이 가장 중요하다.

———

나는 〈우리가 잃어버릴 청춘致我們終將逝去的靑春〉(2013년에 개봉한 중국 로맨스 영화)을 텔레비전 드라마로 만든다는 이야기를 듣고도 전혀 놀라지 않았다. 오히려 전 국민이 복고에 열을 올리는 이 시대에 이런 영화가 며칠에 하나씩 만들어지지 않는 것이야말로 이상할 정도였다. 그러나 영화는 영화고 생활은 생활이다. 한따단韓大丹은 이 영화를 보고 나서 질질 짜면서 말했다.

"이런 게 바로 청춘이라고 할 수 있지."

"네가 이러는 것도 청춘이라서야."

그녀는 나를 흘겨보고는 물었다.

"내 청춘은 왜 이렇게 평범하게 느껴질까?"

"그럼 청춘이 아닌 거야? 바보, 네가 보낸 시간들은 가짜야?"

정웨이鄭微처럼 천샤오정陳孝正을 만나 열렬한 사랑을 하는 때는 당연히 청춘이다.

롼관阮莞처럼 청춘의 시절에 잘못을 저지른 사람을 용서하는 때도 당연히 청춘이다.

장카이張開처럼 묵묵히 롼관을 사랑하고 기꺼이 짝이 되어주는 청춘도 청춘이다.

그리고 매일 아침 도서관에 가서 3개월 동안이나 마주친 그녀에게 오늘은 인사를 건넬까 말까 망설이는 것도, 오히려 그녀가 당신을 향해 갑자기 미소를 짓는 이런 날들도 의심할 필요 없는 청춘이다.

우리에게는 자신만의 생활이 있다. 다른 사람의 삶의 궤도에 뛰어든다면 당신의 기차는 목적지에 영원히 도달할 수 없을 것이다.

실제로는 정웨이와는 달리, 오히려 장카이처럼 묵묵히 누군가를 짝사랑하면서도 그 사람에게 말하지 못하거나 오랫동안 애매한 사이로 지내면서 못 견딜 것 같은 기분이 들어도 여전히 고백하지 못하는 일이 더 흔하다. 수많은 영화에서 이런 사람들은 단지 조연일 뿐이지만 현실에서는 오히려 주인공이다. 평범한 것도 괜찮고, 열렬한 것도 좋다. 모두 똑같은 청춘이다.

정웨이는 롼관이 죽었을 때 삶은 감정만으로는 살 수 없다고 말했다. 청춘도 마찬가지다. 열렬한 감정이 있어야만 청춘인 것은 아니다. 짝사랑으로 청춘을 다 보내는 사람이 있는가 하면, 감정은 잠시 한쪽에 밀어두고 먼저 꿈을 좇는 사람도 있다. 사람들의 청춘은 모두가 천차만별이라서 소중한 사람을 만날 수도, 자신이 하고 싶은 일을 만날 수도 있다. 다른 사람이 보기에는 말할 가치가 없어 보여도 청춘을 겪는 사람들에게는 매우 실제적인 체험이다.

지금 하는 일을 포기하고 싶지 않다면 당신은 여전히 청춘이며 적어도 아직 늙지 않았다. 게다가 늘 자신은 청춘이 없었다고 떠드는 사람들은 분명 남들이 부러워하는 나이에 있다. 그리고 자신이 늙었다고 말하는 사람들도 전혀 늙지 않았다.

만일 당신이 나에게 청춘과 노력에 무슨 의미가 있냐고 묻는다면 더 나은, 유일무이한 자신이 되도록 하는 데 바로 청춘과 노력의 의미가 있다고 대답하겠다. 젊을 때 체험하는 모든 것이 당신의 것이 되고, 그럼으로써 당신은 더욱 여유 있는 사람이 될 수 있다. 그 밖에 다른 것은 없다. 그리고 당신이 차분하고 진지하게 삶에 대처할 수 있게 되면 당신에게 딱 맞는 그 사람도 만날 수 있을 것이다.

사실 당신이 항상 예전을 그리워하면서 자신은 이미 늙었다고 하는 이유는 현재 상황이 자신의 생각대로 되지 않기 때문이다. 막 열 살이 된 당신, 열다섯 살을 막 넘긴 당신, 스무 살의 당신은 분명 미래에 대한 희망이 가득했고, 스무 살은 더없이 좋은 나이라고 생각했을 것이다. 다만 현실이 뜻대로 되지 않기에 어른이 되고 싶어하지 않고 늘 과거를 그리워하면서 기억 속으로 가라앉는 것이다.

그러나 기억은 사람을 속이기도 한다. 실제로 꼭 그러지 않았을지라도 기억 속에서는 눈물 한 방울이 보석이 될 수 있고 사소한 일도 반짝반짝 빛날 수 있다. 그리고 언젠가는 지금 이 순간도 미래의 오래된 사진이 될 거다. 과거를 그리워한다고 현재가 바뀌지는 않는다. 나중에 이 순간을 돌아볼 때 힘 있는 기억이 되게 하기 위해서는 항상 지금 노력을 해야 한다. 가끔 뒤돌아볼 수는 있지만 늘 뒤만 돌아본다면 그의 청춘은 정말로 없을지도 모른다.

기억은 도대체 무엇일까? 나는 기억이 하나의 힘이라고 생각한다. 때로는 슬플 때도 있지만 결국 당신은 그 안에서 전진하는 힘을 발견할 것이다.

아직 청춘이라면 청춘을 후회하지 말자. 청춘은 곧 사라질 것이다. 스무 살이면서도 청춘을 이미 흘려보낸 마흔 살처럼 살아서는 안 된다.

당신이 열다섯 살 때 가장 되고 싶었던 순간은 분명 지금의 나잇대이다. 이제 정말로 이 나이가 되었는데 또 무엇을 억울해하는 걸까? 만일 오늘을 어제보다 더 의미 있게 보내지 못한다면 내일이 온다 한들 무슨 소용이 있을까?

만일 스무 살의 당신이 마흔 살이 되었을 때 20대를 추억할 만한 일들을 해놓지 않으면 막상 마흔 살이 되고 나서는 그 공허함을 무엇으로 채울 수 있을까?

자신의 청춘은 자신만이 보낼 수 있다. 아무리 굽어진 길이 많아도 혼자서 지나가야만 한다. 열렬한 것도 좋고 평범한 것도 좋다. 어찌 되었든 혼자서 완주해야 한다. 당신의 미래는 당신만이 알고 있다. 하고 싶은 일도 당신만이 쟁취할 수 있고, 새장을 부수고 나오는 것도 당신만이 할 수 있는 일이다.

영화배우 존 베리모어John Barrymore는 이렇게 말한 적이 있다.

"사람은 꿈이 후회로 바뀔 때 비로소 늙는 법이다."

그러므로 서로 용기를 북돋아주자. 적어도 꿈이 후회로 바뀌기 전까지는 계속해서 앞으로 나아가야 할 충분한 이유와 시간이 있다.

인생은
한판의 도박

사실 인생은 한판의 도박이다. 꿈이 결국 현실을 이겨낼지 아니면 현실이 꿈을 압도할지에 승부를 거는 도박이다. 꿈이 있다면 꿈을 향한 조각을 하나하나 쌓아서 우리가 원하는 미래를 만들어보자.

———

그 유명한 2012년 세계 최후의 날, 사실 나는 그날도 평소와 다름없이 일어나서 책을 읽고, 음악을 듣고, 친구와 수다를 떨며 새 책의 내용을 구상하고, 제출해야 하는 논문으로 골치를 앓았다. 그래도 아주 조금은 최후의 날을 기대했는데 한편으로는 정말로 최후의 날이라면 이상하게 아쉬울 것 같다는 생각이 들었다.

당시 나는 막 새 책의 원고를 넘기고 GMAT를 준비하고 있었다. 올

림픽도 끝났고, 출판사와의 진통도 끝났으며, 타향살이의 애환도 겪었다. 비록 매끄럽지는 않았지만 어쨌든 앞을 향해서 가고 있었다.

그러나 세계 최후의 날은 오지 않았고, 우리는 여전히 잘 살고 있다. 어쩌면 우리들은 이것이 얼마나 행운인지 모르는지도 모른다. 그날 나는 새롭게 삶의 계획을 세우면서 최후의 날도 비켜갔으니 이제 두려울 것이 없다고 생각했다.

그러나 때로는 매일이 최후의 날인 것 같고, 미래가 오지 않을 것만 같은 의심이 든다. 하지만 아침은 여전히 매일 약속대로 도착하고 삶도 아직은 사형선고를 받지 않았다. 그리고 가끔은 자신을 더 이상 믿지 못할 듯하면서 또 한편으로는 여전히 자신의 결정을 밀고 나가려는 부분도 있다. 이런 모습 속에서 나는 자기모순을 느낀다. 자신을 믿을 수 없다면 왜 포기하지 못할까? 반대로 확실하다면 또 왜 끊임없이 의심하는 걸까?

나는 대부분의 사람들이 모두 넘어지고 부딪히면서 성장하고, 끊임없이 자신에 대한 회의의 과정을 거쳐서 마침내 자아가 확고해지며, 끊임없이 과거의 자신을 부정하면서 현재의 자신이 된다는 사실을 깨달았다. 우리는 끊임없이 자신의 생각을 수정하고 자신의 길을 찾아다니며 때로는 벽에 부딪혀 좌절하기도 하고 넘어져서 정신을 잃기도 한다. 그 이유는 인생이 사실 한판의 도박이기 때문이다.

당신의 꿈이 현실을 지탱해줄지 아니면 현실이 꿈의 움직임을 압도할지, 당신에게 모든 것을 주고는 다시 가져가버린 그 사람을 잊을 수 있을지, 당신이 현재 만나는 이 사람이 당신의 백마 탄 왕자님일지, 그와 한평생을 함께할 수 있을지는 모두 도박이다.

만난 지 10일 만에 초고속으로 결혼을 하고 잘 사는 사람이 있는가 하면 10년을 만나고도 헤어져서 고통 속에서 사는 사람도 있다. 누군가에게는 자신의 꿈을 이루고 모든 일이 잘 풀리는 한 해였지만 또 누군가에게는 하는 일마다 안 되는 힘든 한 해였을 수 있다. 그러나 이런 것들은 다 상관없다. 꿈을 위해서 시간을 걸고 도박을 하고 싶다면 하면 된다. 또한 앞에 있는 사람에게 자신의 감정을 걸어보고 싶다면 한번 해보자. 꿈을 위해서라면 진다고 해도 깨끗이 승복할 수 있다. 그 사람을 위해서라면 졌을 때 깨끗이 물러날 수 있다.

올해 나는 갭이어를 시작해서 4년 만에 처음으로 두 달 넘게 집에서 지냈다. 생각해보니 나는 4년 동안 혼자 살았다. 배가 고프면 밥을 하고, 일어나면 학교에 가고, 심심하면 책을 읽고, 시간이 나면 칼럼을 쓰거나 용돈벌이를 알아보았다. 스스로 잘 생활하고 있다고 생각했지만 혼자서 생활을 잘하는 것과 남을 잘 보살피는 것은 완전히 다른 일이라는 사실은 잊고 있었다. 나는 독립적인 것처럼 보이지만 실제로는 의존적이어서 나 자신에게 의지하여 세상과 단절된 채로 지냈다. 그래서 시내에서 길을 잃어도 천천히 집에 오는 길을 찾을 수 있었고, 휴대전화에 배터리가 없어도 서둘러 집으로 돌아와

충전을 할 필요가 없었으며, 날마다 밤을 새우다가 몸이 못 견딜 지경이 되더라도 상관없었다.

만일 나에게 그 시절이 그립냐고 묻는다면 나는 그렇다고 대답할 것이다. 그러나 만일 그런 생활을 계속하고 싶은지를 묻는다면 나는 분명하게 아니라고 말할 터이다. 이유는 간단하다. 내가 혼자만의 생활을 했던 이유는 그것을 일종의 수행이라고 여겼기 때문이고, 내가 예전에 무언가를 추구했던 이유는 더 나이가 들기 전에 자신의 능력으로 스스로를 돌보기 위해서였다. 그러나 지금은 나의 부모님과 내가 사랑하는 사람을 잘 보살피고 싶다. 내가 사랑하는 사람들이 다시는 나 때문에 걱정하지 않도록 말이다.

올해 나는 좋은 친구들을 많이 만났다. 나의 룸메이트는 요리를 아주 잘하는 남자였는데 그와 함께 있으면서 나는 많은 요리를 배웠다. 또한 그는 아르바이트 중독자라서 오후 네 시에 수업을 마치고 아르바이트를 시작해 다음 날 새벽 네 시에야 집으로 돌아왔다. 그러나 이런 생활은 그에게는 익숙한 일상일 뿐이다. 한번은 내가 시험 준비로 공부를 하느라 새벽 세 시에 집에 돌아온 적이 있는데 그는 그때까지도 아르바이트를 하느라 집에 돌아오지 않았다.

같은 과였던 한 여자 동기는 부모님이 모두 중국에 계셔서 졸업식에 아무도 없이 혼자였다. 나는 그녀에게 속상하지 않은지 물었다. 그러나 그녀는 그 편이 집안에 부담이 덜 가 상관없다고 대답했다.

또 같은 과의 다른 남자 동기는 옷을 갈아입듯이 여자 친구를 갈아치웠다. 그런데 어느 날 그는 이런 자신이 너무 싫다고 털어놓았다.

우리는 그 사람의 인생을 살아보지 않았기 때문에 영원히 그 사람을 판단할 수 없다.

때로는 세상이 무서울 정도로 작아서 다른 사람이 몰랐으면 하는 일들이 빠르게 퍼지거나 당신을 싫어하는 사람들이 뒤에서 뭐라고 욕하는지를 영영 모르기도 한다. 또 인연이 다한 사람들은 아무리 가까웠어도 다시 만날 수가 없다는 사실에 세상이 너무 개떡같이 느껴지기도 한다. 그러나 오해를 받든 잊히든 그것은 모두 다른 사람의 일이다. 젊었을 때는 사랑을 하든 증오를 하든 어쨌든 간에 열심히 살아야 한다.

예전에 나는 꿈이 아주 많았다. 경찰이나 변호사, 또는 과학자가 되고 싶었다……. 어릴 때는 아주 멋진 사람이 되거나 멋진 직업을 갖기를 꿈꿨다. 조금 자라고 나서 나 자신이 그런 재목이 아니라는 것을 깨달은 후에는 선량한 사람이 되자고 생각했다. 그리고 조금 더 자란 후에는 선량한 사람이 되는 일이 어떤 면에서는 과학자가 되는 일보다 훨씬 어렵다는 사실을 깨달았다. 더 나중에는 온화한 사람이 되고 싶었다. 그래서 아이들이 싫어하지 않는 사람이 되면 그걸로 족하다고 생각했다. 그리고 지금이 되었다.

작년의 나는 다른 도시에서 지금과는 다른 마음가짐으로 지금과

는 다른 짐을 지고 있었다. 당신이 믿든 말든, 유심히 관찰을 하든 말든, 변화는 이미 시작되었다. 당신이 지금 듣는 음악, 보는 책, 가는 도시, 만나는 사람, 현재의 심난함, 몸부림, 고통, 고난은 서서히 쌓여서 당신의 미래를 바꾸고, 점차 당신이 원하는 그 미래가 된다.

몇 년 동안 성장하면서 얻는 최고의 수확은 다름 아닌 인내심이다. 이는 맹목적으로 참는다는 뜻이 아니라 예전에 자신을 넘어지게 했던 것들이 이제는 편안하게 느껴진다는 뜻이다. 예전에는 극복할 수 없었던 것들이 지금은 별것 아니라고 느껴지고, 끊임없이 원망했던 것들을 이제는 받아들이고 극복하려고 노력할 수 있으며, 예전에는 어떻게 해야 할지 몰랐던 것들에 이제는 제대로 대응할 수 있게 된다는 의미이다. 그리고 혹시 미래가 순탄치 않다는 사실을 알아도 불안해하지 않고 견딜 수 있는 것이다.

성장하면서 얻는 또 다른 모습은 더 이상 행운을 바라지 않는다는 점이다. 새로운 달이 시작될 때마다 우리는 새로운 시작이나 좀 더 나은 생활을 기대하지만 사실 크게 달라지지 않는다. 힘든 일은 여전히 힘들다. 중요한 것은 당신이 어떻게 이 힘든 나날들을 견뎌내는가이다. 당신은 불안하고 초조해할 수도, 담담하고 침착할 수도 있다. 최선을 다해도 늘 행운이 당신과 함께하지는 않는다. 그렇더라도 행운에 깨끗이 패할지언정 찜찜하게 노력에 지지는 말자.

최후의 날이 없는 것처럼 기적도 없다. 당신은 여전히 매일 규칙적으로 출퇴근을 하며 늘 도착시간을 못 지키는 지하철을 탄다. 그리고 고인 물과 같은 인생에 갇혀서 자신이 싫어하는 그런 사람이 되어가고 있다. 그래서 당신은 은근히 최후의 날을 기대하면서 현실에서 도망칠 핑계를 찾았을지도 모른다. 그러나 이제는 어리석게 굴지 말자. 현재의 자신이 싫다면 최선을 다해 바꾸려고 마음먹고 이를 바로 실행에 옮기는 수밖에 없다. 이런 일은 오직 자신만이 할 수 있기 때문이다. 이에 관하여 어떤 핑계도 댈 수 없으며, 스스로 출구를 찾아야 한다.

기왕에 새로운 해가 약속대로 왔고, 지구도 멸망하지 않았으니 계속 열심히 살아가자.

노력은 바로 노력의 대가다

생활이라는 것은 대부분 보존의 법칙을 따른다. 만일 힘들이지 않고 무언가를 얻었다면 언젠가는 다른 것을 잃게 마련이다. 당신이 현재 하락세를 보이고 불운이 겹친다면 다음 골목에서는 상승세를 보일 것이다. 떨어지는 때가 있는가 하면 올라가는 때도 있다.

베이징에서 집으로 돌아오는 기차 안에서 나는 옆에 앉은 여자가 울면서 식구와 전화를 하는 내용을 우연히 듣게 되었다. 그녀는 "엄마, 미안해. 돈 많이 벌어서 집에 돌아가려고 했는데……"라고 말했다. 그녀는 온몸을 좌석에 파묻고는 울먹이는 목소리로 "그렇지만 나는 최선을 다했어, 엄마. 후회는 없어"라고 덧붙였다.

전화를 끊고 나서 그녀는 나를 보며 부끄러운 듯이 미소를 지었다. 나는 얼마나 슬프면 이런 공공장소에서도 자신의 슬픔을 억누르지 못하는 걸까 하고 생각했다. 그러다 예전에 런런왕에서 읽었던 노력이나 분투의 의미를 믿지 못하겠다는 글이 떠올랐다. 노력의 의미는 도대체 무엇일까? 정말로 돈을 벌기 위해서, 혹은 사회가 인정하는 성공을 위해서 하는 것일까? 만일 그렇다면 나도 믿지 않는다.

밤낮이 바뀐 생활을 하던 팀이 문득 생각났다. 그는 디자인을 공부했다. 어느 날 저녁, 팀은 나를 위해 책 겉표지의 디자인을 만들어서 보내줬다. 그런데 내 평을 듣기도 전에 팀은 "안 되겠어. 아무래도 좀 바꿔야 될 것 같아"라고 말했다. 사실 나는 그 디자인이 아주 좋았다. 나 같이 그림에 문외한인 사람은 평생 노력해도 그릴 수 없는 수준의 작품이었다. 그럼에도 그는 만족하지 못했다. 그리고 다음 날 오후에 팀은 수정한 디자인을 나에게 보여주면서 갑자기 한숨을 내쉬었다. 그러고는 물었다.

"우리는 왜 이렇게 밤낮이 바뀌도록 눈코 뜰 새 없이 바쁘게 살까? 도대체 무엇을 위해서지?"

그때 나는 『당신이 믿는다면 오지 않을 내일은 없다你要去相信，沒有到不了的明天』(2013년에 출판된 저자의 수필집, 한국에서 출판되지 않음.-옮긴이)를 쓰고 있었다. 팀의 말에 그 안의 구절이 하나 떠올랐다. 대강의 내용은 이렇다. 우리가 이리저리 떠도는 이유는 우리가 원했기 때문이다. 무엇을 위해서일까? 사실은 모두 자신을 위해서다.

그 우연히 만났던 여자가 "그렇지만 나는 최선을 다했어, 엄마. 후회는 없어"라고 했던 말이 나에게 감동을 주었던 것처럼 말이다.

세상에는 당신이 못하는 일들이 아주 많다. 타고난 재능에 한계가 있기 때문에 다 잘할 수는 없다. 평생 동안 수많은 일을 하면서도 후회하지 않을 수 있는 사람은 얼마나 될까?

최근에 노력의 의미를 믿지 않는다는 글이 왜 이렇게 많아졌는지는 모르지만 나는 이 문제를 한 번도 고민하지 않았다. 왜냐하면 노력이 곧 성공이라고 생각해본 적도 없고, 성공이 최종 목표였던 적도 없었기 때문이다. 성공과 같은 최종 목표는 사실 이루어지기 힘들다. 그러나 당신이 꿈을 따라가면서 더 나은 자신을 찾으려고 노력하고 조용히 자신을 채우는 모습을 목표로 삼는다면, 그것을 실행하는 것만으로도 뿌듯할 수 있다.

타고난 재능은 당신의 상한을 결정하지만, 노력은 당신의 하한을 결정한다. 그러나 많은 사람들은 타고난 재능과 끝장을 보려는 노력도 하지 않고 포기해버린다.

나는 항상 노력과 분투의 의미를 믿는다. 왜냐하면 그것은 본질의 문제이기 때문이다.

한번은 친구가 나에게 물었다.

"만일 꿈이 이뤄지지 않는다면 넌 어떨 거 같아? 두려울 것 같아?"

내가 두려울 것이 없다고 대답하자 그가 물었다.

"설사 힘들게 노력한 게 아무런 결실을 맺지 못해도?"

나는 노력이 바로 노력의 대가라고 생각한다. 꿈에 대한 투자 자체가 투자의 대가라고 말이다. 글쓰기 연습, 그림 그리기, 노래 부르기 자체가 다 그 대가이다. 힘들게 노력한 후에 자신의 모습을 볼 때의 그 흥분과 감동은 무엇으로도 대체할 수 없다.

만일 노력한 덕분에 자신이 좋아하는 일을 할 수 있다면 노력하는 과정을 포기할 이유가 있을까? 자신이 좋아하는 일을 할 수 있는 것 자체가 바로 대가가 아니라고 누가 말할 수 있을까?

이렇게 말할 수 있는 것도 여러 해 동안 타향을 떠돌면서 배운 덕분이다. 내가 머물던 멜버른의 사람들은 적어도 다른 사람의 이목을 의식하지 않으면서 멋지게 살아간다. 그들은 거리에서 큰 소리로 노래를 부르거나 분장을 한 채로 거리에서 사람들의 발길을 붙잡기도 한다. 나는 누구나 자신이 좋아하는 일을 한다면 분명히 즐거울 수 있다고 믿는다. 그 사람이 위대한 인물이든 아니든 상관없이 말이다. 자신이 하고 싶은 일을 위해서 노력할 수 있다면 분명히 뿌듯할 것이다. 그러나 반대로 원하지 않는 일을 위해서 노력한다면 우울하거나 심지어는 노력의 의미를 의심하게 되는 것이 당연하다. 이는 아주 자연스러운 일이다.

만일 좋아하거나 하고 싶은 일이 아닌 것을 위해 노력하고 있다면 잠시 멈춰 서서 자신이 너무 조급해하지는 않는지 스스로에게 질문

해보아야 한다.

예전에 산간지역에서 천진난만한 아이들이 공부를 하는 모습을 본 적이 있다. 그 아이들은 아마도 부모의 삶을 그대로 이어받아 산골에서 힘든 인생을 살 수밖에 없을 것이다. 하지만 그 아이들은 그들에 비해서 가정환경이 나은 사람들보다 훨씬 즐거워했다. 왜냐하면 그들에게는 공부가 무엇을 이루기 위한 수단이 아니라 공부를 할 수 있다는 사실 자체가 대가이기 때문이다. 아프리카에 갔을 때에도 상상할 수 없을 정도로 가난한 가정에서 자라거나 생존 자체가 버거운 아이들을 많이 만났지만 그렇게 찬란한 웃음을 짓는 아이들을 전에는 본 적이 없었다.

등산을 하는 사람에게 왜 등산을 하는지 물어본 적이 있는가? 아마 산이 거기에 있기 때문이라는 대답이 들려올지도 모른다. 이 대답 외에는 채워지지 않는 갈망을 설명할 길이 없기 때문이다.

분명히 이루기 힘들다는 사실을 알면서도 우리는 왜 여전히 꿈을 좇는 걸까? 그것은 우리가 갈망하고 있고, 단념할 수 없기 때문이다. 자신의 생활을 더욱 다채롭게 만들고 싶기 때문이다. 자신에게 떳떳하고 싶기 때문이다. 늙고 나서 후손에게 "네 할아버지는 꿈을 위해서 뒤돌아보지 않고 노력했었다"라고 말하고 싶기 때문이다.

당신의 삶이 어떻게 결론이 날지 걱정하지 말자. 대신 당신의 삶이 아직 시작되지 않은 것을 걱정하자.

누구나 멋진 생활을 원한다. 여행을 가거나, 수많은 물건을 사거나 또는 모든 것을 내려놓고 휴식을 취하는 생활 말이다. 피곤함과 안간힘 쓰기를 좋아하는 사람은 없다. 그러나 피곤하다고 회사를 그만두거나, 귀찮다고 할 일을 안 하거나, 도망치고 싶다고 모든 것을 내려놓고 떠나서는 안 된다. 힘든 순간에도 포기하지 않고 자신에게 뿌듯함을 주는 쪽을 선택하거나, 여행을 도피가 아니라 고생한 자신에게 주는 상으로 삼는 사람들이 있다. 이렇게 눈앞의 일을 열심히 해야만 한가할 때에도 마음이 편안할 수 있다.

별것 아니다. 노력을 하는 이유는 단지 그 편안한 마음을 위해서다.

대만의 영화감독인 구파도는 책에서 이렇게 말했다.

"어떤 꿈들은 영원히 이룰 수 없고 입에 담는 것조차 사치일지도 모른다. 그러나 자신을 따뜻하게 할 수 없다면 앞으로 나아가는 힘을 얻을 수 없다."

사람에게는 왜 감정이 필요할까? 그것은 우리가 고통을 통해서 강해지고, 어쩔 도리가 없는 자연법칙을 경험해보고 느끼는 바가 있어야 남을 위로할 수 있기 때문이다.

사람에게는 왜 꿈이 필요할까? 그 이유는 당신이 아무리 삶에 찌들었다 해도 아무도 꿈꿀 자유를 뺏을 수 없고, 당신이 아무리 나약해도 누구도 대신 그 꿈을 위해 걸어갈 수 없기 때문이다.

나중에 수없이 벽에 부딪히게 되면 나는 지금의 자신을 비웃을지

도 모른다. 그러나 적어도 지금은 아직 포기할 때가 아니고, 자신을 비웃을 때도 아니다. 선택의 옳고 그름은 미리 예측할 수 없기 때문에 어쩌면 나중에는 지금 이 생각이 틀렸다고 할지도 모르겠다. 하지만 지금 이 순간에는 그저 최대한 빨리 뛰는 수밖에 없다.

나는 당신이 어떤 노래를 듣는지, 어떤 글을 읽거나 쓰는지, 어떤 사람을 만나는지를 보면 당신이 어떤 사람인지를 알 수 있다고 생각한다. 당신이 치유의 노래를 듣고, 따뜻한 글을 읽거나 강인한 글을 쓰고, 정말 좋은 사람을 만난다면 당신은 '따뜻함' '신념' '꿈' '끈기'와 같은 뭔가 모자란 듯이 보이는 것들을 믿을 수 있을 것이다. 왜냐하면 당신이 바로 그런 사람이기 때문이다.

당신이 꿈을 믿으면 꿈도 당연히 당신을 믿는다. 그러나 감정이나 꿈은 특히나 스스로 겪어보아야 깊이 깨달을 수 있다. 당신이 다른 사람에게 무언가를 묘사할 때를 생각해보자. 아마 제대로 설명을 못할 수도 있다. 그리고 그런 당신의 고심하는 모습이 다른 사람의 눈에는 이상해 보일지도 모른다.

누군가를 좋아하는 주체는 남이 아닌 당신이다. 다른 사람이 아무리 꾀를 내고 계획을 세워도 결국 결정을 내리는 것은 당신이다. 당신의 꿈도 다른 사람이 아닌 당신의 것이다. 다른 사람의 눈에는 보잘것없는 따분한 꿈일 수도 있지만 당신에게는 아주 큰 의미가 있다.

대부분의 경우에 의지할 사람은 오직 자신밖에 없다. 그러므로 다른 사람이 어떻게 생각하든 자신이 원하는 대로 끝까지 꾸준하게 노력해야 한다.

내가 지금 이렇게 노력하는 이유는 나이가 들고 늙었을 때 스스로를 하찮게 여기고 싶지 않아서고, 항상 나 자신을 존중하고 싶어서이다. 나는 아직 젊을 때에 나 자신에게 멋진 기회를 주고 싶다. 반드시 자신에게 어떤 대가를 주어야 하기 때문이다.

나는 진부한 사람이라서 꿈과 따뜻함, 그리고 이상을 믿는다. 나는 나의 선택이 틀릴 리 없다고 믿고, 나의 꿈이 틀리지 않았다고 믿으며, 아쉬움은 실패보다 더 두려운 것이라고 믿는다.

당신이 꿈을 좇을 때 이 어두운 세상은 수많은 어려움으로 당신을 막아설 것이다. 그리고 현실도 당신의 손과 발을 묶을 것이다. 그러나 이런 것들보다 사실 중요한 것은 당신에게 그것들을 이겨낼 결심이 있는가이다. 눈을 감고 자신의 마음속의 이야기가 혹시 어제 쓴 일기와 달라지지 않았는지 들어보자.

나는 늘 노력의 의미를 믿는다. 왜냐하면 미래의 나는 분명히 현재의 노력하는 나에게 감사할 것이기 때문이다.

노력할수록 행운이 따른다. 그래서 나는 시간을 타고난 재능으로 바꾼다.

때
로
는
뻔
뻔
하
게

당신을 좋아하는 사람도 있고 싫어하는 사람도 있다. 또 당신의 겉모습만 보는 사람도 있고 당신을 비웃는 사람도 있다. 남이 나를 사랑하든 미워하든 상관없다. 어떤 생활방식을 선택했다면 그 방식으로 누구도 대신할 수 없는 자신을 만들면 된다.

———

얼마 전에 후배가 위챗으로 아침에 일어나기 힘들 때 어떻게 하는지 물었다. 그 말에 나는 당시의 내 기상 방법을 알려주고 싶었다. 알람시계 열 개에 5분 간격으로 시간을 맞춰두고 각 알람이 멈추지 않고 울리도록 하는 것이다. 그러나 나는 알려줘 봐야 별 소용이 없겠다는 생각이 들었다. 알람은 그저 우리에게 시간을 알려주는 도구일 뿐이기 때문이다.

사실 정말로 대학원에 가고 싶은 마음이 있다면 아침에 일어나기가 힘들지 않을 것이다. 당신이 동기가 없는 것은 근본적으로 그 일을 별로 하고 싶지 않아서이다. 그러므로 아침에 일어나기가 힘들때 당신이 해야 할 일은 아침에 일어나는 100가지 방법을 찾는 것이 아니라, 본인이 얼마나 대학원에 가고 싶은지를 따져보는 것이다.

문득 예전에 대학원 시험을 준비하던 때가 생각난다. 이른 아침부터 밤늦게까지 하루 종일 문제를 풀고서 매일 〈프렌즈Friends〉를 두 편씩 보았는데 지금 생각해도 숨이 막힐 정도였다. 그러나 곰곰이 생각해보니 그동안 나는 많은 일들을 중간에 포기했다. 피아노도 배운 지 얼마 되지 않아서 포기했고, 그림도 역시 그랬다. 여학생을 사귀려고 배웠던 기타도 당연히 오래가지 않았고, 콘서트를 보러 가겠다고 하고는 일부러 포기하기도 했다. 이렇게 많은 일들을 끈질기게 하지 못했던 내가 이상하게도 그 숨이 막히는 두 달 반을 견뎌냈다.

대부분 나는 싫증이 나면 계속하기 힘들어하지만 어떤 일에 관해서만큼은 사람들이 탄복하지 않을 수 없을 정도의 인내심도 있다. 그래서 일단 시작하면 아무리 '재미없는' 일도 계속할 수 있었다.

이전에 베이징에서 사인회를 할 때 한 친구가 고향에서 1년 정도 일하다가 갑자기 직장을 그만두고 베이징에서 베이퍄오北漂(베이징 이외의 출신으로 베이징 호적이 없이 베이징에서 생활하고 있는 사람)가 된

자기 친구의 이야기를 들려주었다. 그녀는 모아둔 돈으로 생활하면서 가수가 될 준비를 하고 있다고 했다. 베이징에는 가수가 되려는 꿈을 가지고 있는 사람이 셀 수 없이 많지만 그중에 두각을 나타내는 사람은 별로 없다. 우연히 기회가 되어서 우리 셋은 함께 뮤지컬을 보러 갔다. 내 친구는 원래 뮤지컬 단원이었지만 시간이 없다는 핑계로 배우가 되기를 포기하고 말았다.

그녀와 나는 먼저 무대 뒤로 가서 친구가 단원들과 인사를 나누는 동안 다른 사람들이 마지막 준비를 열심히 하고 있는 모습을 보았다. 그러나 극이 시작되고 나서 우리는 관객이 우리 셋을 포함해도 겨우 십여 명이 되지 않는다는 사실을 알았다. 게다가 이 뮤지컬을 2주 연속 상연했지만 요 며칠은 관객이 더 적었다고 했다.

나는 왠지 무대에 선 단원들을 대신해 난감한 기분이 들었다. 그러나 그들이 최선을 다해 연기하는 모습을 보면서 그런 생각을 했던 나 자신이 부끄러워서 마음속으로 나를 꾸짖었다. 그들이 난감할 이유는 전혀 없었다. 물론 봐주는 사람이 있다면 좋겠지만 아무도 보지 않아도 끝까지 꿈을 좇을 수 있다. 연기에 몸을 던진 사람은 난감함이라는 감정에 대해서는 아예 생각하지도 않았을 것이다. 그들의 머릿속에는 어떻게 연기를 하는 것이 좋을지, 어떻게 대사를 해야 의미를 잘 전달할 수 있을지에 대한 생각으로 가득할 뿐이다.

당신이 꿈을 향해 몸을 던질 때에도 당신의 머릿속에는 어떻게 하

면 자신의 꿈을 가장 잘 성취할 수 있을지에 대한 생각으로 가득할
뿐 불안을 느낄 시간은 없다.

그날 우리는 그녀의 장래에 대해서 이야기를 나눴다. 그녀도 미간
을 찌푸리며 앞으로의 날들이 쉽지는 않겠지만 만일 아무런 성과 없
이 다시 집으로 돌아간다면 그것이야말로 정말 부끄러운 일이라고
말했다. 그리고 자신의 꿈을 생각할 때마다 불안해서 밥이 넘어가지
않을 정도라는 말을 덧붙였다.

사인회를 하던 날 그녀를 보면서 나는 이 말이 생각났다.

오직 꿈만이 당신의 불안에 동행할 수 있고, 오직 행동만이 당신
의 모든 불안을 없앨 수 있다.

나의 갭이어는 오래 지나지 않아서 끝났는데 예전에 말한 것처럼
여기저기 여행을 다니는 사람들과는 달리 시작처럼 담담하게 끝났
다. 그러나 배운 것도 있었다. 바로 우리는 반드시 자신만의 생활방
식을 찾아야 한다는 점이다. 만일 여행이 효과가 있다면 여행을 가
면 되지만 남들이 모두 가기 때문에 갈 필요는 없다.

만일 당신이 대학원에 가기를 진심으로 원했다면 준비하면 된다.
그러나 다른 사람의 충고 때문에 그 길을 갈 필요는 없다.

어떤 길이든 멀리 갈수록 어려움도 많아지는 법이다.

나는 우리가 어떤 길을 선택해야 하고 그 길을 향해 계속해서 전

진해야 할 나이가 되었다는 것을 알고 있다. 그러나 많은 사람들이 선택을 하지 못한다. 솔직히 나도 아주 오랫동안 어떤 선택을 해야 할지 알지 못했다. 그래서 내 주변의 소소한 일들을 차근차근 해나 갔다. 그러다가 문득 내가 이야기를 하거나 글을 쓰는 일에 재능이 있다는 사실을 깨달았다. 게다가 내가 좋아하는 분야였기에 이 일을 시작했다.

어떤 일을 하든 앞으로 무슨 일이 일어날지 알 수 없기 때문에 그 저 앞을 향해 전진하는 것 말고는 다른 방법이 없다. 그러다 나중에 돌이켜보면 비로소 자신이 어떤 길을 걸어왔는지 이해할 수 있다. 나 역시 가끔은 당황스러울 때나 의심스러울 때가 있다. 그러나 대 가나 성과와는 상관없이, 마지막까지 걸어간 사람만이 그 일을 정의 할 자격이 있다는 사실을 깨달았다.

그 일의 의미가 무엇인지 판단하는 것은 자신의 몫이다. 그러나 자신이 한 일에 대해서 정의를 내리기 전에 자신이 그러한 정의를 내릴 충분한 힘이 있는지를 확인해야 한다.

나와 가장 친하게 지내는 두 친구 중 한 명은 은행에 들어갔는데 야근은 많고 급여는 적다고 투덜댄다. 그리고 또 한 명은 막 작업실 을 열어서 어떤 일이든 마다않고 해야 하기 때문에 잠잘 시간이 줄 었다고 한다. 그러나 그들은 모두 자신의 길로 접어들었고, 그 길을 향해 큰 걸음을 내딛었다.

우리는 뻔뻔하게 자신이 하고자 하는 것을 향해 계속 걸어가야 한다. 회사에 가든 작업실을 열든 공부를 계속하든, 앞으로 나아가야만 자신의 선택에 떳떳할 수 있다. 책을 내고 싶은 사람은 열심히 책을 읽거나 습작을 하고, 대학원에 가고 싶은 사람은 공부하는 것부터 시작해야 한다. 여행을 가고 싶은 사람은 표를 예매하는 것부터 시작해야 한다. 당신에게는 자신만의 생활방식이 있다. 회사를 가는 것도 좋고, 여행을 가는 것도 좋다. 다른 사람의 눈에 좋고 나쁜 것은 그들의 생각일 뿐이다. 당신은 그냥 계속 당신의 길을 가면 된다.

나는 다시 학생이 되었다. 많은 사람들이 왜 다시 돌아왔는지, 책 사인회와 강연 소식은 왜 없는지를 물어왔다. 그 이유는 한편으로는 나 자신이 아직 강하지 않다는 생각에 다양한 분야에서 자신을 채울 필요가 있다고 느껴서이고, 또 한편으로는 다양한 것을 경험한 이후에 나 자신이 이전보다 얼마나 강해져 있을지가 궁금해서다.

"이상하게 들리겠지만 나는 대부분의 일을 꾸준히 못하지만 또 어떤 일들에 있어서는 아주 고집스럽다"라고 전에 말한 적이 있는데, 책 쓰기나 독서가 바로 그런 것들에 해당한다. 그런데 이제는 그 중도포기한 많은 일들을 다시 한 번 모두 해보고 싶다. 나는 천성이 하필 열심히 살기를 좋아하는 사람이라서 하다가 집으로 돌아가든지 아니면 목숨을 걸고 한다. 그래서 나는 세상을 향해 졌다고 항복하기 전까지는 절대 어떤 도전의 기회도 그냥 놓치지 않을 예정이다.

성장의 증거는 바로 외부의 소리에 개의치 않고 자신의 내면의 소리를 듣는 것이다. 기다리거나 미루는 일은 투지를 없애는 가장 쉬운 방법이다. 주저하며 결정을 미루는 것이야말로 당신의 최대의 적이다. 책을 볼 수 있다면 멍하니 있지 말자. 잠을 잘 수 있다면 시간을 끌지 말자. 밥을 먹을 수 있다면 굶지 말자. 입맞춤을 할 수 있다면 말을 그만하자. 자신이 하고 싶은 일을 찾기란 쉬운 일이 아니므로 청춘은 반드시 아름다운 것을 위해서 써야 한다.

당신은 주변 사람들이 왔다가 떠나는 일에 익숙해질 필요가 있다.

어떤 사람은 반박할 여지도 주지 않고 당신을 거부하지만 또 어떤 사람은 마지막 갈림길까지 당신과 함께한다. 한참 후에 과거를 추억할 때 당신은 분명 많은 것들을 잊어버렸을 테지만 이전에 최선을 다해 걸었던 길은 당신의 존재를 증명해줄 것이다.

이 길 위에서 어쩌면 당신은 고독한 사람일 수도 있다. 그러나 끝까지 걷는 것만이 당신이 겪은 어려움과 좌절에 떳떳할 수 있는 방법이다. 무슨 일이 있어도 더 이상 갈 수 없을 때까지 끈기 있게 걸어가겠다는 결심을 할 때 당신에게는 비로소 하고 싶은 일을 할 자격이 생긴다.

내가 변함없이 좋아하는 에미넴의 곡 〈Lose yourself〉의 가사 한 소절을 길에 있는 모든 사람들에게 바친다.

"당신은 마음먹은 모든 일을 할 수 있다."

철 좀 안 들면
어때서?

이러지도 저러지도 못하고 중간에 끼여서, 뭔가 하고 싶어도 끝까지 할 방법이 없을 때
우리는 세상에서 가장 슬픈 존재가 된다. 하지만 그럴 때일수록 물러날 길이 없는 사람
처럼 시작하고, 또 승부를 깨끗이 인정하는 태도로 끝을 내자.

언젠가 상하이에 가서 친구를 만난 적이 있다. 친구는 나를 꼭 만나
고 싶다고 한 여자 후배를 한 명 데리고 왔다. 그녀가 나를 보자마자
"아저씨!"라고 부르는 바람에 나는 너무 놀라 입안에 반쯤 남았던 소
갈비를 그대로 삼켜버렸다. 나는 손을 내저으며 "나랑 네 선배랑 나
이도 같고, 너하고도 얼마 차이 안 나니까 절대 아저씨라고 부르지
마"라고 말했다. 그러나 그녀는 내 말을 들은 척도 하지 않았다.

"아저씨, 사인 좀 해주세요.?"

"그래, 그런데 아저씨라고 부르지 마……"

"아저씨, 글을 좀 더 적어주시면 안 돼요?"

"그래, 그런데 아저씨라고 부르지 마……"

"아저씨, 이 펜 쓰세요."

그날 나는 순식간에 '하오 아저씨'가 되었다. 당시 그녀는 자신의 전 남자 친구가 나를 매우 좋아해서 내 사인이 들어 있는 책을 그에게 주고 싶다며 나에게 몇 마디 적어달라고 부탁했다. 그때 나는 "앞으로도 네 전 남자 친구와 잘 지낼 수 있다고 생각해?"라고 묻고 싶었지만 그녀가 이어서 한 말 덕분에 이 질문을 할 필요가 없게 되었다.

"당신을 따뜻하게 해주는, 이 세상 끝까지 함께해줄 수 있는 그 사람을 찾기를 원합니다."

그 다음에 이어진 그녀의 혼잣말에 나는 할 말을 잊었다.

"비록 그 사람이 내가 아니더라도."

그 후에 어떤 낯선 사람이 나에게 책을 잘 받았다면서 사인을 해준 것을 특별히 감사하는 글을 남겼다. 그는 그런 사람을 찾았다면서 나도 모든 일이 잘되기를 바란다고 덧붙였다.

나는 그녀의 이름을 알지 못한다. 또한 그들 사이의 이야기도 알지 못한다. 친애하는 낯선 이여, 이 글을 보았다면 허락 없이 이렇게 적은 것을 용서해주기를, 또한 당신들이 잘 지내기를 바란다.

몇 년 전 크리스마스 때 시험이 코앞이었던 나는 친구들과의 모임을 최대한 사양하려고 했지만 빠오즈가 닭갈비를 사준다는 말에 참석하지 않을 수 없었다. 별수 없는 것이, 나는 먹는 것이 있는 곳에는 언제나 참석한다는 원칙을 가지고 있기 때문이다.

나는 닭갈비에 레드불을 마시면서 그저 밤을 새우면 그만이라고 나 자신을 다독이고 있었다. 한참 쩝쩝거리며 먹고 있는데 갑자기 날카로운 소리가 들려왔다. 당시에 나는 먹느라 정신이 없어서 무슨 일인지 모르고 있다가 마지막 닭갈비 조각을 삼키고 나서야 우리 친구들 중 한 커플이 다투기 시작했다는 사실을 알았다. 원래는 사소한 다툼이었는데 결국에는 큰 싸움이 되고 말았다. 여자는 탁자가 거의 뒤집힐 정도로 불같이 화를 내면서 말했다.

"너 안 갈 거야? 네가 안 가면 내가 갈 거야."

이 말에 남자는 입을 다문 채로 가방을 집어 들고는 몸을 획 돌려서 문을 세게 닫고 가버렸다.

이 모임을 주선했던 빠오즈는 미안한 마음에 따라가 그를 붙잡으려 했지만 그녀는 냉랭한 목소리로 빠오즈에게 그를 그냥 가게 두라고 말했다. 그녀의 기세에 100킬로그램에 육박하는 빠오즈도 감히 따르지 않을 수 없었다.

그리고 그녀는 파스타 세 접시와 오렌지 주스 세 잔을 주문하더니 마구 먹어대기 시작했다. 우리들은 놀란 눈으로 그녀를 바라볼 뿐 아무도 말리지 못했다. 얼마나 먹었을까? 갑자기 그녀가 먹기를 멈추더니 화장실로 뛰어 들어가서 구역질을 하다가 마치 실성한 사람처럼 온 커피숍이 울리도록 울어댔다. 그때 빠오즈가 말했다.

"됐어, 그냥 내버려두자. 계속 슬퍼하다 보면 괜찮아질 거야. 울다가 지치면 또 별일 아니게 느껴지겠지. 나 실연했을 때 생각해봐."

빠오즈가 헤어졌을 때 그가 한 행동은, 그를 잘 모르는 사람들은 '좋아요'를 눌러주었겠지만 우리는 모두 바보 같은 짓이라고 생각했다. 그는 혼자서 여러 곳을 다니면서 각종 엽서를 모아다가 익명으로 그의 전 여자 친구에게 보냈다. 우리는 그 행동을 정말로 저속하면서도 참신한 수법이라고 생각했다. 나중에 그 엽서가 한 장도 배달되지 않았다는 것을 알 때까지 말이다.

"만약에 네 여자 친구와 외국에 가기로 약속했다면 갔을까?"

빠오즈는 고개를 끄덕이며 말했다.

"가지."

"너는 어쩜 그렇게 철이 안 들어?"

내 핀잔 같은 물음에 빠오즈가 답했다.

"철이 안 들면 좀 어때서? 지금 안 하면 다시는 기회가 없는 일도 있잖아."

나는 아무 말 없이 빠오즈가 철학자가 된 것이 아닐까 생각했다.

이런 일도 있었다. 내가 두 번째 책을 낼 때 또 다른 친구도 첫 책을 냈다. 그는 속표지 위에 "OO에게"라고 적었다. 이는 그 친구가 늘 원했던 것으로, 그가 저지른 최초이자 최대 바보짓이었다. 그것 때문에 편집장과 다투기까지 했건만 그 책이 아직 출판되기도 전에 그는 여자 친구와 헤어졌다.

나중에 책이 나오고 나서 나는 친구에게 기분이 어떤지를 물었다. 그는 고개를 저으며 아무렇지도 않다고 말했다. 그때 나는 그 친구 대신 택배 운송장을 적고 있었는데 그가 예전에 책이 나오면 그녀에게 열 권을 보내주겠다고 했기 때문이었다. 내가 운송장을 다 적고 나서 책을 상자에 넣으려고 할 때 갑자기 그는 "관두자"라고 말하고는 운송장을 찢어버렸다. 그러고는 자신이 책을 쓰는 이유는 그녀를 위해서라고 생각했는데 이제야 처음부터 자신을 위한 일이었다는 사실을 깨달았다고 했다.

어떤 일들은 그 일을 하는 당시에는 상대방을 위해서, 원만한 관계를 위해서 했다고 생각할 수 있다. 그러나 나중에는 그 감정에 마침표를 찍기 위해서였다는 사실을 알게 된다. 그렇게 하지 않으면 그 감정에서 영원히 빠져나오지 못하거나 영원히 내려놓을 수 없기 때문이다. 그래서 나는 사람들이 자신이 보기에도 도저히 이해할 수 없는 일이나 남들이 보기에도 정말 바보 같은 노력을 하는 이유는, 바로 자신이 그 고비를 넘기 위해서라고 생각한다.

이해할 수 없는 일들은 제쳐두고라도 사람들은 늘 알 수 없는 행동을 한다. 분명히 그녀에게 잘해봐야 소용없다는 것을 알고 있으면서도 여전히 잘해준다. 분명히 자신을 망가뜨려서는 안 된다는 것을 알면서도 여전히 취하도록 술을 마시고, 울어봐야 소용없다는 것을 알면서도 여전히 운다. 분명히 그 물건들을 보면 마음이 아플 것을 알면서도 여전히 그 물건을 만지작거리고, 자존심이 누구보다 강한 사람이면서도 한없이 비굴해진다.

헤어지는 이유는 셀 수 없이 많다. 사랑하던 그 사람은 흔적도 없이 사라지며 단념할 수 없는 마음은 멜로디가 된다. 헤어진 직후 마음속의 생각이나 질문은 모두 이런 것들이다. "내 어디가 싫은 거야?" "내가 뭘 잘못했어?" "어떻게 잊을 수 있다는 거야?"

그래서 단념하기 전에 그들은 죽기 살기로 자신의 한계를 가늠해 본다. 주변 사람들이 볼 때는 정말 말도 안 되는 일들이지만 막을 수는 없다. 왜냐하면 그들은 이렇게라도 하지 않으면 단념할 방법이 없기 때문이다.

눈물, 이별에서 눈물은 언제나 충분하다. 귀찮은 것도 잊은 채 그녀에게 친절을 베풀지만 그녀는 매번 뜻하지 않은 실망감을 안긴다. 그러나 이 실망감은 결국 언젠가 당신이 더 이상은 이런 관계를 계속할 수 없다는 사실을 깨닫게 해준다. 울어도 보고 미쳐도 보고, 그러다 보면 나아진다. 그 순간에는 자신을 무너뜨리고 자존심도 잃어버린다. 더 이상은 어떻게 더 망가질 수 없을 때까지. 어떤 때는 그

런 자신을 스스로도 막을 수가 없어서 하다하다 죽을 지경에 이른다. 차라리 죽을 수 있다면 맘이 편할 것이다. 맘이 편해지면 포기할 수 있다. 그리고 그 이야기에 마침표를 찍을 수 있다.

그러나 지금 겪는 헤어짐은 예전과는 다르다. 왜냐하면 우리는 이미 바보 같았고, 또 말도 안 되는 짓까지 해봤기 때문이다. 또 이제는 만남과 헤어짐이 늘 있는 일이고 억지를 부린다고 되는 일이 아니라는 사실도 깨달았기 때문이다.

사람들은 모두 예전보다 성숙해졌다. 그리고 미래의 자신에게, 미래에 자신이 만날 사람에게 가장 좋은 선물은 바로 더욱 강인하고, 소중한 것이 무엇인지를 더 잘 아는 사람이 되는 일이라는 사실을 모두가 알고 있다. 말도 안 되는 짓을 이미 다 해봐서 이제는 예전의 자신에게 작별을 고할 수 있게 되면 당신은 앞으로의 길에서 만날 사람이나 당신 자신을 위해서라도 더더욱 다시 길을 나서야 한다.

반드시 떠나보내야 할 일들이 있다는 사실을, 또 그 일들은 언제나 어떻게든 지나간다는 사실을 우리는 모두 알고 있다.

지난 일을 안주 삼아 술을 마시고 청춘으로 노래를 지으며 우리들의 이야기를 앞 장에 적자. 언젠가 뒤돌아서 책장을 넘기다 보면 앞으로 채워야 할 페이지가 여전히 많음을 깨달을 것이다. 그러니 이 술잔을 비우고, 이 노래를 부르고 나면, 계속해서 앞을 향해 나아가자.

까치발을 들면
언젠가는
피곤해진다

인생의 길을 걷다 보면, 비가 오는 날도 있고 맑은 날도 있고, 또 깜깜한 날도 있다. 또 무언가를 얻을 때도 있고 잃을 때도 있다. 꿈을 좇을 때도 있고, 넘어질 때도 있다. 그럴 때는 고개를 돌려보자. 친구나 가족이 당신과 함께하고 있을 것이다.

———

이야기를 시작하기 전에 먼저 호흡을 가다듬어야겠다.

한따단과 그녀의 예전 남자 친구는 런런왕에서 알게 되었는데, 이들은 같은 학교였지만 교정이 달랐다. 대화를 나누던 두 사람은 점점 서로에게 호감을 느끼기 시작했고 2년 동안 채팅만 하다가 2010년 말이 되어서야 처음 만나서 순조롭게 연인으로 발전했다.

당시에 한따단은 이미 멜버른에서 3년째 생활하고 있었고, 그녀가 어 선생이라고 부르던 그녀의 전 남자 친구는 곧 미국으로 가야 했다. 그래서 어 선생은 연애를 시작한 지 겨우 10일 만에 프랑스로 돌아가게 되었다.

한따단은 행복한 얼굴로 자신의 연애 소식을 털어놨는데 우리는 농담으로 내기를 하면서 그녀가 두 달 안에 분명히 헤어질 것이라고 놀렸다. 나중에 한따단은 그때 정말로 두 달 만에 헤어졌다면 그런 일을 겪지 않아도 되었을 거라고 말했다.

한따단은 매우 매력적이었다. 성격도 밝아서 그녀를 쫓아다니는 사람이 많지는 않더라도 늘 있었다. 그녀는 연애를 두 번 했는데 상대가 너무 잘해주어서 사귀었을 뿐이지 한따단은 특별한 감정은 없었다. 우리들은 그녀를 오랫동안 봐왔던 터라 그녀가 연애도 야무지게 할 것이라고 생각했다.

연애를 하면서 한 번도 마음 상하는 일이 없던 이 여성이 이렇게 순식간에 한 사람에게 빠져들 것이라고는 누구도 생각하지 못했다.

나는 늘 모든 세상일에는 보존의 법칙이 있다고 생각했다. 만일 아무 이유 없이 무언가를 얻었다면 언젠가는 사라진다. 그러나 반대로 무언가를 잃어버렸다면 바로 그 형태로는 아니더라도 다른 무언가로는 돌아올 수 있다. 자신이 저지른 일은 반드시 자신에게 돌아오는 법이다. 때로는 감정도 그렇다. 그래서 그녀는 다른 사람들이 그녀에게 주었던 감정들을 모두 단번에 어 선생에게 돌려주었다.

지금은 이미 첨단과학기술의 시대고 두 사람은 바다를 건너야만 만날 수 있을 만큼 멀리 떨어져 있었지만 그녀는 늘 남자 친구에게 편지를 썼다. 그녀는 집에 돌아올 때마다 우편함에 편지가 온 게 있나 확인했고, 편지를 쓸 때에도 늘 한 자 한 자를 무척이나 진지하게 적었다. 그리고 늘 전화기를 붙잡고 살았는데 내가 그녀의 집에 갔을 때에도 그녀는 전화기를 내려놓지 않았다. 나중에는 우리도 그녀의 이런 모습에 질리도록 익숙해져서 놀리지 않을 정도까지 되었다.

연애에 깊이 빠져서 헤어 나오지 못했던 한따단은 다른 사람들의 반대나, 보기에 좋지 않다느니 뭐니 하는 말에 전혀 신경 쓰지 않았다. 그러나 누군가에게 지나치게 의지하기 시작하면 자신의 중심을 잃게 되는 법이다. 만일 당신에게 딱 맞는 사람이 나타났다면 이는 축하할 일이다. 앞으로의 날들을 수월하게 보낼 수 있을 테니 말이다. 그러나 만일 그 사람이 떠나버리면 당신의 자아도 함께 사라져 버릴 것이다.

모두들 연애를 할 때는 장님이 된다고 말한다. 처음 사랑의 강에 빠진 사람이나 예전에 상처를 받지 않았던 사람일수록 더 그렇다. 한따단은 어 선생이 곁에 있다면 아무리 힘들고 어려워도 참을 수 있다고 생각했기 때문에 많은 문제들을 무시해버렸다.

그때의 그들은 끝도 없이 수다를 떨었고, 함께 있으면 행복해했다. 그리고 그녀는 우리를 만날 때에도 늘 어 선생에 관한 이야기를 꺼냈다. 당시 어 선생은 스페인 바르셀로나에서 교환학생으로 있었는데 한따단은 화장품도 안 사고 매일 빵만 먹으며 모은 돈으로 남자 친구와 유럽에서 한 달이 넘는 시간을 함께 보냈다. 여러 나라에서 많은 곳을 돌아다녔던 그때 그녀는 "둘이서 아무 말을 안 해도 어색하지 않은 상태가 너무 좋아. 정말 최고야"라고 말했다.

한따단은 앞으로 자신과 함께할 사람이 바로 이 사람이라고 확신했고 그녀의 미래의 청사진에는 그가 있었다. 그녀는 미국이든 호주든 중국이든, 어디든 상관없이 그가 있는 곳에 자신도 함께 하리라고 생각했다. 한따단에게는 어 선생이 있는 곳, 즉 그녀가 사랑하는 사람이 있는 곳이 바로 그녀의 집이었다.

그러나 이 드라마에는 반전이 있었다.

작년 6월 여름방학 때, 원래는 어 선생이 한따단을 만나러 호주로 오기로 되어 있었다. 그들은 번갈아 가면서 상대가 있는 곳으로 오기로 약속했다. 그러나 어 선생은 이런저런 핑계를 대며 그녀를 찾아오지 않았다. 한따단은 두말없이 시험을 마친 후에 비행기를 타고 그를 찾아 난징으로 갔다. 그동안 두 사람은 항상 사소한 다툼이 생겨도 그냥 만나서 얼굴을 한 번 보는 걸로 풀었다. 아무도 문제를 제대로 직시하지 않았고 늘 시간이 지나면 해결될 것이라고 생각했다.

한따단이 난징에 갔을 때 그녀는 어 선생의 부모님을 만났고 그녀도 그를 데리고 집에 가서 자신의 할머니, 할아버지와 인사시켰다.

그때는 모든 것이 순조롭게 진행되고 있다고 생각했다. 그 누구도 두 사람이 점점 다툼을 많이 하고 사소한 일로 싸우리라고는 상상도 하지 못했다. 그러던 어느 날, 싸우다가 화가 머리끝까지 오른 한따단이 그를 한 번 밀었다. 성인 여자가 남자를 밀었다고 어떻게 되는 것도 아니고, 또 여자가 밀면 얼마나 세게 밀었겠는가? 그러나 그는 바로 그녀의 뺨을 내리쳤다.

나중에 이 일을 알았을 때, 우리는 모두 어 선생인지 하는 자식을 잡아다가 흠씬 두들겨 패주고 싶었다. 여자를 때리는 놈을 남자라고 할 수 있나? 그러나 한따단은 계속해서 괜찮다는 말을 연발했고 우리도 더 이상 아무 말도 하지 않았다.

그날 따귀를 맞은 한따단은 갑자기 귀가 울리면서 소리가 들리지 않았다고 했다. 자신이 모든 것을 쏟아 부었던 사람한테서 이렇게 세게 뺨을 맞을 줄 생각도 못했던 그녀는 지금도 그 일을 떠올리면 무서운 기분이 든다고 말했다. 만일 평소의 그녀 같았으면 분명히 "이런 남자랑 왜 사귀었지?"라고 말하고는 몸을 돌려 그를 떠났겠지만, 그때의 한따단은 이미 제정신이 아니었다. 습관과 기억에 얽매이게 된 그녀는 자존심도 내던지고 어 선생에게 떠나지 말라고 무릎을 꿇고 애원했다.

한바탕 욕을 퍼붓고 싶은 충동을 억누르기 위해서 다시 숨을 좀 골라야겠다.

그러나 자신의 한계선을 언제까지고 계속 내릴 수는 없는 일이다. 이는 꿈도 사랑도 마찬가지다. 일단 자신이 원칙이라고 정해놓았던 한계선을 내리게 되면 다른 것들을 포기해야 하고, 나중에는 포기할 것이 더 많아진다. 그러나 정말 두려운 일은 상대를 잃는 것이 아니라 스스로를 배반했다는 사실이다. 만성 독약처럼 당신의 한계선을 두 번, 세 번 내리게 되면 당신은 완전히 변해버릴 것이다.

나중에 한따단은 어 선생과 병원에 가서 진찰을 받았다. 의사는 확진할 수는 없지만 고막에 구멍이 난 것 같다고 말했다. 그러나 한따단은 자신의 상태는 신경 쓰지도 않고 그저 그가 자신을 떠나지 않으면 괜찮다는 생각을 할 뿐이었다. 이틀이 지났는데도 소리가 들리지 않자 그녀는 혼자 병원에 가서 내시경을 찍었다. 그리고 귀에 정말로 구멍이 났다는 사실을 알게 되었다. 맞아서 말이다.

그녀는 감히 식구들에게 말하지도 못하고 스스로 별일 아니라고 위로했다. 이 사건 이후에 한따단이 난징을 떠날 때까지 며칠 동안 어 선생은 그녀와 함께 있어 주었다. 그러나 마지막 날 저녁에 그는 친구들과 술을 마시러 나갔고 그녀는 혼자서 가방을 싸면서 그가 돌아오기를 기다렸다.

어쩌면 당신도 이렇게 누군가를 기다려봤을지 모르겠다. 그 사람이 돌아온다는 보장도 없는, 그저 시간이 흘러갈수록 막막해지지만 그래도 희망을 놓고 싶지 않은 그런 기다림 말이다.

사람을 가장 고통스럽게 만드는 기다림은, 공항에서 비행기를 기다리거나 식당에서 주문한 음식을 기다리는 것과는 성질이 다르다. 공항이나 식당에서의 기다림에는 분명한 끝이 있기 때문이다. 사람을 가장 고통스럽게 하고 어찌지 못하게 하는 기다림은 바로 보고 싶은 마음을 끊지도 못하고 결과를 가늠할 수도 없는 기다림이다. 이는 마치 당신이 희망에 불을 붙일 때마다 빗물에 꺼져버리는 것과도 같고, 약간의 햇살이 비쳐서 우산을 놓고 나가면 비가 쏟아지는 것과도 같다.

나는 한따단이 몇 번이나 비에 젖었는지 알지 못한다.

결국 나중에 어 선생은 그녀에게 헤어지자고 했다. 사실 한따단은 그렇게 헤어질 거면서 왜 마지막 며칠 동안을 그가 자신과 함께 보냈는지 지금까지도 이해하지 못한다. 어쩌면 그는 번거로움을 피하고 싶었거나 아니면 한따단이 갈 때까지 기다렸을지도 모른다. 실제로 둘이 헤어졌을 때 한따단은 이미 호주에 있어서 둘은 정말 멀리 떨어져 있었다.

이별 후에 넋이 나가버린 그녀는 혼자라는 사실을 견디지 못하고 어 선생을 만나려고 노력했지만, 그때마다 그는 그녀를 무시하고 매우 냉정하게 굴었다. 시간이 조금 지나고 그녀 주변에 다른 남자가 나타나면서 한따단도 이제는 벗어나야 한다고 생각했지만 예전 남자 친구와 함께했던 때의 그 느낌은 누구에게서도 받을 수 없었다.

그리고 약 3개월 후에 한따단은 전 남자 친구에게 새 연인이 생겼다는 사실을 알았다.

나는 당시 그녀의 상황을 뭐라고 표현해야 할지 모르겠다. 한따단은 낮에 수업을 듣고 일할 때는 아무렇지도 않은 듯 친구와 즐겁게 지냈다. 그러나 저녁부터 잠들기 전까지는 옛날 기억이 떠올라서 홀로 방 안에서 숨죽여 울었다. 나도 오늘에야 알았다. 그렇게 그녀는 매일매일 늘 울다 지쳐 잠이 들었고 쭉 자포자기의 상태에 있었다.

가슴 아픈 그녀의 이야기는 이렇게 끝이 났다.

나는 그녀가 어떻게 그 나날들을 헤쳐 나왔는지 알지 못한다.

이별을 할 때 사람들은 모두 한 번쯤 미련을 떨고, 말도 안 되는 짓을 저지르며, 자신을 비하하는 과정을 겪는다. 이렇게 무자비한 이별이 막상 자신에게 닥치면 세상의 대단한 이치라는 것들도 아무 소용없이 내팽개쳐진다는 사실을 깨닫는다. 당신이 이런 바보 같은 일을 수도 없이 저지른 후에는 이를 딛고 인생의 신호등을 건너갈 수 있다. 이때 뒤를 돌아보면 이전의 바보 같은 짓도 더 이상 혐오스럽지 않고, 나중에 다시 신호등을 만나더라도 두렵지 않다.

가장 피해야 할 일은 바로 무조건 상대에게 맞춰주는 것이다. 까치발을 들고서 누군가를 사랑하면 언젠가는 피곤해진다. 어떤 상황에서도 감정을 위해서 자아를 잃어서는 안 된다. 자신을 잃어버린 사람을 누가 어떻게 사랑해줄 수 있을까? 지금 곁에 있는 사람이 멀

리 끝까지 함께 가고 싶은 사람일수록 자신을 지켜야 한다. 다른 사람의 비위를 맞춰야 하는 만남은 오래 지속될 수 없다.

지금의 한따단은 이미 완전히 과거에서 벗어났다. 이제 그녀는 마치 다른 사람의 이야기를 하듯이 과거의 일을 이야기한다. 문득 그녀가 어 선생과 헤어졌을 무렵에 나에게 했던 말이 생각난다. 한따단은 자신이 가장 망가지고, 힘들고, 나락으로 떨어졌을 때에 친구들이 그녀를 포기하지 않고 곁에서 함께 지내주었다는 사실이 가장 감사하다고 말했다.

"내가 정신없이 놀다가 너무 멀리까지 가버렸을 때, 너희는 나를 잊지 않고 불러줬어. 내가 집으로 가는 길을 찾을 수 있게."

혹시 세상의 마지막 날이 온 것처럼 하늘이 무너지는 듯한 날이 온다면 당신의 뒤에서 친구와 가족이 여전히 당신을 기다리고 있다는 사실을 기억하자. 아무리 어두운 하늘도 언젠가는 밝아지고, 아무리 힘든 이야기라도 언젠가는 끝나는 그날이 온다. 앞으로는 누군가가 늘 자신을 도와주고 있다는 사실을 결국엔 깨달을 것이다.

비가 오면 우산을 펴고, 날이 어두워지면 불을 밝히자. 그리고 집으로 돌아가는 길을 찾을 수 없을 때는 뒤를 돌아보자.

우리가 여기에서 너를 기다리고 있다.

나 자신을 믿지 못했던 순간이 있었다. 하지만 수많은 나날을 끈기 있게 보내고 나서야 비로소 나 자신을 있는 그대로 볼 수 있게 되었다. 자신의 단점을 이해하면 오히려 자신에게 무엇이 맞는지를 깨달을 수 있다.

———

2012년에 무성하던 세계 최후의 날이 하루 지나고 라오천은 위챗으로 우리는 그동안 재난을 겪거나 나쁜 사람들을 만난 적도 없고 늘 선량한 사람들만 만났으니 운이 좋았다고 말했다. 또 돌아보면 두려웠던 순간도 많았는데 그래도 순조롭게 지금에 이르렀다고 말했다.

"며칠 전에는 최후의 날을 엄청 기대하지 않았어?"

나의 말에 라오천이 하하 웃으며 말했다.

"꼭 그런 건 아니었어. 물론 진짜였어도 다 함께 겪는 거니까 나쁘지는 않아. 그래도 가짜여서 다행이지. 진짜였다면 엄청 아쉬웠을 거야. 아직 먹어보지도 못한 맛있는 음식이 얼마나 많은데 어떻게 그렇게 끝낼 수 있겠어?"

순식간에 새해가 되었지만 나는 늘 라오천의 말을 기억하고 있다.

"사실 우리는 모두 행운아야. 운이 좋기 때문에 꿈과 감정에 대해서도 생각해볼 시간이 있잖아."

그래서 나는 절대 이 행운을 낭비할 수가 없다.

사람들은 나에게 어떻게 자신을 원하는 모습으로 바꿀 수 있는지, 인생에서 가장 중요한 것이 도대체 무엇인지를 묻는다. 솔직히 말하면 나도 모르겠다. 왜냐하면 나도 내가 하고 싶은 일이 어떻게 달라질지, 앞으로 내 인생에 무슨 일이 일어날지 모르기 때문이다.

내일이 있는 한 흐릿함과 불확실성은 분명히 있을 것이다. 내일 무슨 일이 일어날지는 영원히 알 수 없다. 또한 오늘 하고 있는 일들의 의미도 아마 오랜 후에야 알게 될 것이다.

만일 우리가 정말로 무언가를 할 수 있다면 그것은 바로 자신이 선택한 길을 끝까지 가는 일뿐이다.

언제였는지 기억은 안 나지만 언젠가 공항에서 책을 한 권 구입했다. 그리고 지금도 그 책의 한 부분을 생생하게 기억하고 있다. 대강의 내용은 이랬다. 저자는 비행기를 탈 때 설사 그녀 앞에 앉은 사람이 등받이를 뒤로 젖히더라도 자신은 좌석의 등받이를 조절하는 경우가 거의 없는데, 너무 힘들거나 어쩔 수 없이 등받이를 조절해야 할 때는 마치 자신이 뒷사람의 개인 공간을 침범이라도 한 것 같은 불편한 마음이 든다는 것이다.

내가 제목도 잊어버린 책의 이 부분을 여전히 기억하는 이유는 나만큼 미련하게 사는 사람을 책에서 찾을 줄은 몰랐기 때문이다. 그 전까지 나는 이렇게 답답하게 인생을 사는 사람은 나밖에 없을 거라고 생각했다.

아무튼 그때 나는 미련한 사람도 분명 자신에게 맞는 생활방식을 찾을 수 있다는 생각을 했다. 미련하기 때문에 정말로 한 가지만을 끝까지 할 수 있을 거라고 말이다.

처음부터 나는 내가 미련한 사람이라는 사실을 알고 있었다. 어릴 때는 갖고 싶은 장난감을 얻으려면 어떻게 말을 해야 하는지 알면서도 그 말을 하기가 부끄러웠고, 커서는 필요한 것을 사기 위해서 많은 사람들과 인사를 나눌 필요가 없는 슈퍼마켓이야말로 정말 위대한 발명의 결과라고 기뻐했다.

나의 대학 생활은 집과 학교만을 오가다가 가끔 여행을 가는 식이었다. 친구들이 미래를 위해서 인맥을 쌓기 시작했을 때에도 나는 항상 내실 있는 사람이 되면 그에 걸맞은 친구가 생긴다고 생각했다. 대부분의 사람들이 맞선을 보기 시작하고 결혼하느라 바쁠 때,

나에게는 그럭저럭 괜찮다고 생각할 만한 상대도 없었다. 그러다 주변의 친구들이 모두 서서히 자리를 잡아가는 모습을 보면서 도대체 내가 꾸준히 하고 있는 것이 무엇인지를 고민했다. 솔직히 말해서 나 자신도 책을 쓰겠다는 고집이 어디에서 나오는지 몰랐지만 글쓰기라도 꾸준히 해야 자신을 느낄 수 있었기 때문이었던 것 같다.

나는 스스로 할 수 있는 일은 절대 다른 사람에게 부탁하지 않았다. 부끄러워서이기도 했고 사람들은 다 자신만의 고충이 있기 때문에 남에게는 최대한 부담을 주지 말아야 한다는 생각 때문이기도 했다. 수많은 길을 돌아갔지만 요령을 배우지는 못했다. 나는 한 번도 이것이 좋은 태도라고 생각해본 적이 없다. 사실 어떤 분야는 이해득실을 따져가면서 일을 할 줄 알게 되었지만 생활에서는 여전히 요령을 익히지 못하는 미련한 사람이었다.

나는 타고난 재능도 없었고 많은 일들이 노력을 거듭해야만 겨우 지금의 수준에 도달할 수 있다는 사실을 알고 있었을 뿐이다. 준비를 많이 하지 않아도 빼어난 글솜씨를 보여줄 수 있는 사람도 많다. 하지만 내가 우연이라도 그런 뛰어난 글을 쓴다면 그 이유는 길고 지루한 노력이 있었기 때문이다.

사랑을 할 때에도 마음을 어떻게 표현해야 할지 몰랐고, 때로 낭만적인 일을 하고 싶어도 방법을 몰랐다. 누군가를 좋아하는 데 필요한 첫 번째 요령은 역시 상대에게 부담을 주지 않는 것이라고 생각했다. 기타를 배우고 싶었지만 늘 배우지 못했고 그림을 그리고 싶었지만 아무리 해도 잘 그릴 수 없다는 사실을 깨달았다. 그러나 나중에 나는 이런 것들이 바로 나의 한 부분이라는 점을 깨달았다.

미련해도 좋고, 똑똑해도 좋다. 이제 나는 내가 바로 이런 사람임을 그대로 시인한다. 지금 내가 가장 잘하는 것은 담담하게 나의 모든 결점과 어리석음을 받아들이는 일이다.

어느 날 새벽, 홀로 멜버른의 거리를 걸으며 빛이 서서히 도시를 비추는 모습을 보면서 나는 내 어리석음이 나에게 많은 것을 가져다주었다는 사실을 깨달았다. 자신이 얼마나 어리석은지를 깊이 알고 있었기 때문에 더 이상 도망치거나 지름길을 찾지 않고 문제를 직시할 수 있었다.

어쩌면 세상에는 오직 두 부류의 인간만이 마지막까지 걸어갈 수 있는지 모른다. 하나는 탁월한 사람으로, 그들은 천부적인 재능과 남보다 뛰어난 능력을 가지고 있어서 늘 반짝반짝 빛나며 지치지 않는다. 또 다른 부류는 미련한 사람들이다. 그들의 재능을 발견하기는 쉽지 않다. 대부분의 경우에는 무리 속에서 그들의 존재를 찾아내는 일 자체가 쉽지 않다. 그러나 그들은 누구보다 끈질기게 앞으로 나아간다. 이들은 피곤함과 냉혹함이 무엇인지를 잘 알고 있기 때문에 조용히 그 길을 가고 자신이 살아남는 법을 확실하게 찾아낼 수 있다. 또한 자신의 길이 아닌 곳으로 뛰어들지 않는다.

글쓰기를 처음 시작했을 때 나는 한동안 거의 매일 나 자신을 의심하면서 그때까지 해왔던 것들을 포기하고 싶었다. 그러나 만일 포기한다면 나 자신의 생활방식을 찾지 못할 것이라는 사실도 잘 알고 있었다. 어쩌면 인간이 할 수 있는 최대의 깨달음은 자신의 한계를 인식하고 이를 직시하는 법을 배우는 일인지도 모르겠다.

나는 수없이 "난 포기한다" "나는 못 기다리겠어. 될 대로 되라지"라는 생각을 했다. 그리고 더 이상 나 자신을 믿지 못했던 순간도 있었다. 그러나 마음 깊은 곳에는 하고자 하는 일들이 있었고 어떤 대가를 치르더라도 기대하고 노력했다. 어쩌면 이것 역시 미련해서인지도 모른다. 원하는 일을 빨리 해낼 만큼 똑똑하지도, 그렇다고 포기할 만큼 결단력이 있지도 않으니 말이다.

천성이 끈기가 없다면 자신이 할 수 있는 일을 하면 된다. 지금도 여전히 미련하다면 현재 가고 있는 길을 끝까지 걸어가면 된다. 왜냐하면 다른 길을 갈 여력이 없기 때문이다.

이 세상에 당연히 나에게 잘해줘야 하는 사람은 없다는 사실을 몇 년 사이에 더욱 확실하게 깨달았다. 대부분의 경우 의지할 사람은 자신밖에 없다. 고독이라는 것은 우리 옆에 찰싹 달라붙어 있어서 떼어내기가 쉽지 않다. 그리고 대부분의 고민은 남들에게 다 털어놓기도 그래서 입을 떼지도 못하는 경우가 부지기수다. 당신의 생활을 이해해줄 수 있는 사람은 점점 적어지고, 대부분의 사람들은 당신의 겉모습만 볼 뿐 사람들 뒤에서의 모습을 보는 사람은 얼마 없다.

　나는 사람이 특정 시기를 맞이하면 하느님이 그 사람의 인생을 구조조정을 하신다는 생각을 하곤 한다. "요 녀석, 너는 너무 많은 것을 가지고 있었어. 공평하게 내가 좀 가져가겠다"라고 말이다. 그러면 나는 이렇게 대답할 것이다.

　"가져가세요. 그렇지만 하느님도 가져가실 수 없는 것이 있어요."

이제는 아무리 나쁜 일도 대수롭지 않게 여길 수 있고, 정말 고통스러운 기분이 들 때는 어떻게 해야 할지도 알고 있다. 자신의 단점을 이해하면 오히려 자신에게 무엇이 맞는지를 깨달을 수 있다.

왜 나는 타고난 재능이 없는지, 왜 나는 남들처럼 잘하지 못하는지 불공평하다고 원망한들 해결 방법은 없다.

나는 지금의 이런 내가 오히려 좋게 느껴진다. 물론 세상의 어떤 사람들은 단번에 정상에 오르기도 하지만 나는 그 사람이 아니다. 내가 차근차근 노력해서 얻는 것들은 무엇보다 진실한 것들이다.

타고난 재능이 없다면 남들보다 시간을 더 쏟고, 기회를 얻기 위해서 끈기 있게 노력하자. 나는 비록 천천히 걸을지라도 절대 후회하지는 않는다.

나는 나에게 전진할 힘을 주는 모든 것들에 감사한다. 그 덕분에 여기까지 올 수 있었다. 나는 사람들의 환심을 사려고 하지 않을 것이다. 이는 나에게는 불가능한 일이다.

나는 가야 할 곳이 있고, 그곳이 어디인지를 잘 알고 있으며, 누구도 나를 흔들 수 없다. 또한 내가 가려는 길이 험한 가시밭길임을 잘 알고 있지만 여전히 걸어갈 것이다.

나처럼 미련한 사람은 만일 오늘 열심히 걷지 않으면 내일은 뛰어야 한다.

누구에게나 고독은 피할 수 없는 일이다. 고독이 습관이 되면 혼자 있어도 자신이 좋아하는 방식으로 시간을 채울 수 있다. 되돌아보면 고독이 당신에게 가져다준 것이 잃은 것보다 훨씬 많다.

———

예전의 내 모습에 대해서 사람들이 이야기하는 말을 듣고 싶지 않아서 일부러 기억을 떠올릴만한 것들을 피한 적이 있었다. 더 이상 과거의 사진이나 모습을 들춰내지 않고 지금의 이 모습이 바로 예전의 나라고 말하기도 했다. 예전의 나를 떠올리면 봐줄 수 없을 정도였기 때문이다.

사람들은 대부분 현재의 자신이 과거의 자신으로부터 끊임없이 성장해서 만들어진 결과라는 사실을 부정한다.

확실히 그렇다.

그러나 당신의 내면에서 과거의 자신을 쓰레기통에 넣으라고 말하는 이유는, 이를 직시하기가 두려워서이고 또한 과거의 자신을 마주했을 때 크게 실망할까 봐 두려워서이다. 이러한 실망감의 원인은 현재의 당신 모습이 상상과 큰 차이가 있기 때문이다.

그러나 어떤 실수들은 불가피했고 또 과거의 모습 중에는 반드시 남겨두어야 할 부분들도 있다는 사실은 인정해야 한다. 마치 휴대폰 속의 노래가 아무리 오랜 시간이 지나도 그대로인 것처럼 말이다. 그 노래가 달라지기를 원하는 것도 이상하지는 않다. 그러나 이 노래를 부른 사람은 여러 해가 지나도 변함없이 무대에 서 있다. 그리고 지난날의 친구들도 수년 동안 꿋꿋이 앞을 향해 걸어가면서 여전히 당신의 마음을 붙잡는다. 친구들은 한때 당신과 어깨를 나란히 한 채로 걸으며 함께 영화를 보고 책을 읽었지만 어느 순간 당신은 이미 죽어버렸다.

그 후에 당신은 다시 인생을 시작했고 그렇게 하루가, 1년이 지나갔다.

그때를 헛되게 보내지 않았다면 그때의 당신도 부정하지 말자.

하느님은 꿈이 있는 사람을 보우하신다.

나는 하느님이 정말로 있는지 모른다. 설사 하느님이 있다 해도 이렇게 많은 사람을 돌볼 수는 없다고 생각한다. 그러나 하느님은 분명 당신이 꿈이 있든 없든 공평하게 이 세상에서 살 수 있게 해주셨다. 또한 당신이 원하지 않는 것들을 받아들이고 예전에는 이해하지 못했던 일들을 이해할 수 있게 만드셨다.

나는 꿈이 있는 사람을 매우 존경한다. 어릴 적에는 꿈이 있었고 순진하게도 그 꿈들이 모두 실현될 것이라고 믿었다. 그때는 크면 어른이 되듯이 꿈도 당연히 이루어진다고 생각했고 아무것도 몰랐기 때문에 용감했다. 하지만 어른이 되고 나서 세상에는 아름다운 꽃과 박수만 있지 않다는 사실을 알고도 여전히 자신의 꿈을 끈질기게 밀고 나갈 수 있다면 그것이야말로 용기라고 부를 만하다.

〈슬램덩크〉 주제곡이나 오월천, 저우제룬, 타오저의 노래와 같은 예전에 즐겨 듣던 노래를 더 이상 듣지 않은 지 오래다. 〈프렌즈〉나 〈슬램덩크〉를 보지 않은 지도 한참 되었고 〈디지털 몬스터〉도 4편이 나온 후부터는 더 이상 관심이 없었다.

한동안은 이제 이런 것들을 좋아하지 않는다고 생각했다. 그리고 이것이 바로 성장이라고 스스로 생각했다. 그러나 나는 하드에 저장한 〈프렌즈〉처럼 머릿속에서 뭔가를 지우는 법을 몰라서 방영한 지 벌써 24년이나 지난 시즌 1은 다음 대사가 무엇인지 알 정도로 보았는데도 여전히 질리지 않는다.

그리고 늘 이야기했던 그 노래들을 우연히 들으면 오랫동안 못 본 친구를 만난 듯한 기분이 든다.

나는 말로 표현할 수 없는 열정의 시기를 보냈다. 옛날에 허세를 떨던 모습을 떠올리면 웃음이 나올 것 같다. 다행히 지금에 이르렀지만 상황이 지금과 달랐다면 이전에 자신의 말도 안 되는 허세에 죽을 만큼 부끄러웠을 것이다. 나는 〈슬램덩크〉를 보면서 의지에 불타는 노래를 들었고, NBA를 보고, 에미넴을 들으면서 자랐기 때문에 열정의 시기도 있었다고 생각한다. 그러나 가끔은 내가 열정적이었기 때문에 이런 것들을 좋아하지 않았을까 하는 생각도 든다.

어쨌든 다행히 나 자신이 싫어하는 모습이 되지는 않았다.

혼자 산 지도 벌써 6년이 되었다. 많은 사람들을 만났고 여러 곳을 거쳐 갔다. 점점 더 내가 세상과 동떨어져서 달에서 살고 있는 듯 느껴지고 알 수 없는 외로움으로 숨이 막힐 듯하다. 새로운 친구를 사귀고 싶지 않아서는 아니다. 그냥 귀찮기도 하고 또 감정을 조절하는 일이 나에게는 정말 맞지 않다는 생각을 하기 때문이다. 나는 여전히 자연스러움이 좋다. 그리고 계속 앞으로 나아가다 보면 만나야 할 사람은 결국엔 만나게 된다고 생각한다.

너무 오랫동안 혼자서 지내면 그 부작용으로 점점 더 자신만의 세계로 빠져든다. 때로는 자신이 방관자라는 생각이 들기도 하고 자신의 분주한 모습을 냉정하게 바라보면서 그럴 필요가 있나 하는 생각을 하기도 한다. 그러나 한편으로는 이것이 부작용만은 아닐 수도 있다는 생각이 든다. 비록 본의 아니게 혼자 생활을 하고는 있지만 오히려 스스로 조절할 수 있는 시간이 점점 많아지기 때문이다.

문득 우리가 좋아했던 노래를 듣거나, 예전에 보았던 영화를 보거나, 콘서트를 보러 갔을 때 머릿속에 갑자기 어떤 박자가 떠오른다면 그것은 바로 다름 아닌 자신의 박자라는 사실을 깨닫는다. 그것은 과거의 당신이다. 낡고 오래된 레코드 가게에서 좋아하던 가수의 음반을 찾아내던 당신이고, 좋아하는 여학생에게 쪽지를 주고는 바보같이 얼굴이 새빨개졌던 당신이며, 꿈을 이루겠다고 굳게 맹세하던 당신이다.

그런 것들은 결코 사라지지 않고 어떤 음악이나 박자가 되어서 당신의 영혼 속에 숨어 있다. 당신이 실망해서 더는 방도가 없을 때, 당신이 혼자서 외로울 때, 당신이 자신에 대해서 회의감이 들 때마다 때맞춰 당신에게 달려온다. 그 박자야말로 당신의 자아를 구해줄 수 있기 때문이다.

자신을 구할 수 있는 사람은 결국 자기 자신밖에 없다. 시간이 해결해준다고들 말하지만 그 역시 그런 생각을 하는 그 사람의 믿음이 자신을 변화시킬 뿐이다.

고독의 시기에 당신의 생활을 지탱해주는 것이 있다는 사실은 무

척 중요하다. 내가 혼자서 살기 시작하면서 3년 동안은 잠들기 전에 늘 〈프렌즈〉와 〈슬램덩크〉를 한 편씩 보았는데 지금까지 몇 번이나 봤는지 셀 수 없을 정도다. 그리고 내 휴대폰에 가득한 오월천, 에미넴, 마룬 파이브의 노래도 수도 없이 들었다. 그때 이런 것들이 얼마나 의지가 되었는지는 지금까지도 설명할 방법이 없고, 〈프렌즈〉의 포스터를 보면 늘 찡한 기분을 억누를 수가 없다.

당신이 원하든 아니든 결국엔 고독이 찾아온다. 그러니 고독을 피할 수 없다는 사실을 일찍 받아들일수록 더 일찍 자신의 생활을 시작할 수 있다. 평생 외로움과 무료함을 피해 다니느라 많은 부분을 포기하고도 즐거운 사람이 있는가 하면 금세 슬럼프를 극복하고 민첩하게 현재의 생활을 받아들일 뿐 아니라 자신의 재능을 이용해서 세상을 변화시키는 사람도 있다. 그러나 나는 전자도, 후자도 아니다. 나는 똑똑하지도, 포기를 원하지도 않았기 때문에 내 생활을 시작하는 데 오래 걸렸다.

생활을 직시하고 꿈을 향해 꾸준히 나아가려면 커다란 용기가 필요하다. 때로는 이런 용기를 얻기가 힘들지만 일단 얻고 나면 아무리 힘들어도 계속할 희망이 보인다. 생활의 박자도 마찬가지다. 때로는 자신의 생활 박자를 찾지 못해서 현실의 큰 물결에 휘말려 떠밀려갈 때도 있지만 일단 자신의 박자를 찾으면 자신의 꿈을 향해 확고히 나아갈 수 있다. 그러나 이런 용기와 박자는 고독의 지지가 필요하다.

설사 곁에 있는 사람의 따뜻한 지원이 반드시 필요한 사람이라 해도 반드시 자신만의 세계를 만들어야 한다. 아무리 동반자여도 당신의 곁에 항상 있어 줄 수는 없기 때문이다. 서로 용기를 북돋아주는 일은 각자가 온기가 있을 때에만 가능하다. 차갑게 식은 당신을 누가, 무슨 이유로 따뜻하게 해줄까?

그러므로 당신이 길고 지루한 고독을 경험하기를 바란다. 고독을 두려워하지 말고 과거의 자신을 직시하는 일을 주저하지 말자. 예전의 바보 같았던 모습과 실수를 인정하고 과거가 당신의 미래를 잡고 늘어지지 않게 하자. 세상에는 아름다운 꽃과 박수만 있지 않지만 그렇다고 당신의 생각처럼 그렇게 힘든 곳도 아니다. 과거에 당신을 감동시켰던 노래를 듣고, 주변에 늘 함께했던 사람을 보면서 무언가를 느껴보자. 그리고 서서히 그것을 당신의 것으로 만들자.

새벽의 지하철에서, 황혼의 야채 시장에서, 새벽에, 초조할 때, 머리가 아플 때, 밤을 새울 때 어느 순간 문득 자신의 박자를 들을 수 있다. 그러면 그때 당신은 고독의 날들이 당신을 얼마나 성장시켰는지 깨달을 것이다.

여전히 과거에 어리석게 굴었던 일이 생각나고 심지어는 세세한 부분까지 눈에 선할 수 있다. 기억은 신기해서 언제 어떤 기억이 마음에 떠오를지 알 수 없다. 그러나 무언가를 기억하는 일은 전혀 나쁜 것이 아니다. 내가 예전을 떠올리면서 정말 바보 같았다고 웃듯이 말이다. 바보 같지 않았던 사람이 누가 있을까? 과거의 바보 같았던 모습이나 잘못을 인정하면 더 이상 과거의 나를 직시하는 일이 두렵지 않다. 누구나 과거가 있다. 오늘 해야 할 일을 잘 완주하고, 과거가 미래를 물고 늘어지지 않으면 된다.

사랑하는 친구들아, 더 이상 고독이나 과거의 자신을 마주하는 일을 두려워하지 않기를 바란다.

다시는 외부에서 안정감을 찾지 말고 자신에게서 안정적인 힘을 찾아보자. 또한 계속할 수 있는 용기와 자신에게 맞는 박자를 찾아보자. 그것이야말로 자신의 힘이고, 어두운 밤에 태양을 대신할 수 있는 빛이다.

PART
3

방황해도 괜찮아

그러든지 말든지,
나는 나만의 길을 간다

우리는 다른 사람들과 자신을 비교하며 자신감과 열등감 사이에서 방황한다. 다른 사람이 빛나고 성공한 삶을 살더라도 그것은 우리와 아무 상관이 없다. 지금 내가 원하는 게 무엇인지 나 자신에게 귀를 기울이는 것이야말로 우리가 지금 당장 해야 할 일이다.

———

우리가 SNS를 통해 다른 사람들의 일상을 보면서 초조함을 느끼는 이유는 무엇일까?

대부분의 사람들은 SNS에 사진을 올릴 때 엄선한 사진만 올린다. 그래서 항상 우리보다 일도 잘하고 예쁘고 여유 있고 다채롭게 사는 것처럼 보인다. 우리는 그들의 글과 사진을 보며 남들은 늘 별다른 노력 없이 좋은 것들을 얻는데 자신은 아무리 해도 잘 안 되는 것 같은 착각에 빠진다. 세상이 너무 불공평하고, 자신만 힘들다는 생각도 하게 된다.

여기에서 내가 말하고자 하는 첫 번째는 바로 당신 혼자서만 힘든 게 아니라는 사실이다.

예를 들어보자. 시카고 대학에서 법학 박사과정을 밟고 있는 친구 A가 있다. 가장 '열 받는' 것은 박사가 될 그녀가 올해 겨우 스물세 살이라는 사실이다. 살아 있는 여신인 그녀의 웨이보를 보면 그녀가 정말 멋지고 자유롭게 사는 것처럼 느껴진다. 또 시도 때도 없이 여행을 다니는 것 같은데 그러면서도 여전히 학술지에 논문을 발표한다. 게다가 관건은 그녀가 정말 예쁘다는 사실이다. 내 눈에 이런 사람은 아무래도 프로그램 오류로 생겨난 사람처럼 보인다.

그러나 그녀와 친해지고 나서 나는 그녀가 매일 다섯 시간밖에 못 자고, 논문은 십여 차례씩 수정한다는 사실을 알게 되었다. 그렇게 고치고 또 고치다 보면 넋이 나갈 정도라는 것도 말이다. 또 그렇게 오랫동안 무리한 탓에 위장에도 문제가 생겼다는 점도 알았다. 그러나 그녀는 불평은 아무런 도움도 되지 않는다고 생각하기 때문에 이런 고통을 겉으로 드러내지 않는 쪽을 선택했다.

많은 사람들의 생활도 이와 같다. 누군가는 당신의 사진을 보면서 정말 여유롭게 지낸다고 생각할 수 있다. 그러나 당신이 실제로 잘 지낸다 해도 결코 사진에서 보이는 것만큼은 아닐 것이다.

사실 모든 사람들은 당신이 보는 것과는 다르게 살아간다. 전혀 힘들어 보이지 않는 사람들도 사실은 모두 엄청나게 노력하고 있다. 다만 당신이 그들의 빛나는 모습만 볼 뿐 그들이 치른 대가를 보지 못하는 것이다.

신처럼 보이는 능력자 들도 실제로는 책을 읽 어도 이해가 되지 않는 다거나 논문을 쓰다 가 미쳐버릴 것 같 은 때가 있다. 다만 이를 표현하거나 원 망하지 않을 뿐이다.

이런 탁월한 능력자와 당신의 차이점은 단지 그들은 원망하는 대신 그 시간에 해야 할 일을 하는 법을 배 웠다는 것뿐이다.

바로 그뿐이다.

두 번째로 이야기하고 싶은 것은 초조함과 관련된 현상이다. 이 현상은 한 문장으로 표현할 수 있다.

"바쁜 듯 보이는 행동은 사실은 초조함에서 온다."

내가 처음 이 문제에 관심을 가진 계기는 바로 내 친구 때문이다.

그는 늘 아침 일찍 나가 도서관에서 자습을 하고 오후에는 동아리 활동을 한 후에 저녁에는 아르바이트를 하러 갔다. 그는 시간을 잘게 쪼개서 정말 바쁘게 살았지만 얼마 후 나에게 자신이 무엇을 하고 있는지 도대체 모르겠다고 말했다. 간단히 말하자면 마음을 차분히 하지 못했던 것이다.

그는 처음에는 분명했던 동기가 나중에는 갑자기 사라진 것처럼 느껴지고, 하고 싶은 일은 많은데 어디서부터 시작해야 할지 모르겠다고 말했다. 그는 대학원 시험을 보고 싶어서 단어를 외웠고, 그러다 지금은 일하는 편이 낫겠다는 생각이 들어 단어를 외우면서 일을 찾았다. 그런데 며칠 전 어떤 사람이 학교를 휴학하고 한 일을 적어 놓은 글을 보고 부러운 마음이 들어서, 일을 시작하거나 대학원 시험에 응시하기 전에 여행을 다녀와야겠다고 생각하기 시작했단다. 한편 왠지 단어 암기를 그만두면 안 될 것 같은 기분도 들었다고 한다.

왜 그런 기분이 들었을까? 바로 남들보다 늦을까 봐 두렵기 때문이다. 우리는 늦는 것이 두렵다. 특히 예전의 친구들이 이미 아주 멀리 가 있을 때 그렇다. 그래서 우리는 죽을힘을 다해서 책을 사고 단어집을 사서 외우는 것이다. 누가 대학원에 가는 것이 전망이 있다고 하면 바로 대학원 시험을 준비한다. 그러나 며칠 후 누가 여행 사진을 올린 것을 보면 또 여행을 가는 몽상을 시작한다.

나는 여러분 주변에 거의 항상 이런 사람들이 있다고 확신한다. 그들은 무언가를 하고 있지만 그 일은 취미활동이나 심사숙고의 결과물이 아니라 남에게 너무 뒤처진 것처럼 보이지 않으려고 자신을 바쁘게 만들기 위한 결과물이다.

이렇게 다른 사람에게서 답을 찾으려고 하면 한 문제의 답은 수천 가지가 될 수 있다. 다른 사람의 길은 참고사항일 뿐 기준은 아니다. 선택은 자신을 위해서 해야 하고, 자신만이 할 수 있는 일이다. 그래야만이 후회의 여지가 없다.

다른 사람이 어떤 일을 잘한다고 해서 바로 따라 하지 말자. 당신이 보는 모습이 전부가 아닐 수 있기 때문이다. 대부분은 다른 사람의 길이 좋아 보여도 막상 서보면 자신에게 맞지 않고, 멋지게 보이는 사람들도 사실은 그들만의 애로사항이 있는 것이 보통이다. 그러므로 전체를 보고 나서 신중하게 선택해야 한다.

그러면 어떻게 초조함을 이겨낼까? 초조함을 이기는 최고의 방법은 바로 우리를 초조하게 하는 그 일을 당장 시작하는 것이다.

출발은 언제나 가장 의미 있는 일이므로 가서 하면 된다.

정말로 그렇다.

어쩌면 당신은 사는 게 쉽지 않노라고 말할지도 모르겠다. 그러나 다른 각도에서 본다면 사실 그렇게 힘든 것도 아니다. 사실 이렇게 말할 수도 있다. 우리 모두가 다 힘들기는 마찬가지라고 말이다.

당신만 힘들고, 당신만 홀로 분투하고 있다고 생각하지 말라. 분명히 누군가는 당신처럼 노력하고 있다.

단번에 최고 경지에 오를 정도의 성공을 할 수 있는 사람은 거의 없다. 설사 당신이 흠모하는 사람들이라 할지라도 그 이면에는 엄청난 노력이 숨어 있다. 그러니 생활 속의 고통에 너무 연연해하지 말자. 멋진 것과 고통은 사실 종이 한 장 차이일 뿐이다.

다른 사람을 부러워할 때 자신을 한번 살펴보자. 누군가는 "너는 정말 잘 지내는구나. 네 사진을 보니 정말 여유로워 보여"라고 말할 것이다. 당신이 바빠서 새벽 세 시가 되어서야 잠자리에 들고 다음 날에도 일찍 일어난다는 사실은 모르고 말이다.

언젠가 친구와 이야기를 하면서 사람의 인생에서 가장 중요한 것은 바로 자신의 생각을 찾아서 자신의 체계를 갖는 것이라고 말한 적이 있다. 우리는 남들이 잘 지내는 모습과 비교하다가 내 삶을 잃어버리지 않아야 한다.

자신의 생각을 찾는 일은 간단하게 들릴지 몰라도 사실 생각보다 훨씬 어렵다. 모든 사람은 많든 적든 자신의 생각이 있기 때문에 이런 자신의 생각을 어떻게 계속 밀고 나가느냐 하는 문제가 남는다.

자신의 생각을 알기 위해서는 우선 자신과 잘 지내는 법을 배워야 한다. 내 방법은 계속해서 나 자신과 독대하는 것이었다. 예전에 나는 늘 희미함 속에 있었기 때문에 한밤중에도 쉬지 않고 음악을 듣고, 글을 쓰고, 책을 읽거나 가장 좋아하는 친구와 마음속까지 털어놓으며 대화를 나눴다. 그리고 그 속에서 내가 추구하고자 하는 바를 느낄 수 있었다. 이것들은 처음에는 희미한 빛을 띠었지만 나중에는 서서히 뚜렷해져 갔다.

생각은 언제나 달라질 수 있고, 언젠가는 자신만의 생각이 생기기 마련이다. 그렇다면 그때에는 자신의 생각에 따라야 한다. 다른 사람이 빛나고 성공한 삶을 살더라도 이는 우리와 아무 상관이 없다. 어떤 경우에 우리는 좌절해서 울거나, 억울함을 느낄지도 모른다. 그러나 우리는 반드시 자신이 서 있고자 했던 곳에 서 있어야 한다.

다른 사람의 인생을 따라 사는 것은 아무런 의미가 없다. 만일 멋지게 사는 방법이 이 세상에 단 한 가지밖에 없다면, 그것은 바로 내가 원하는 방식으로 자신의 인생을 사는 것이다.

묻지 말고, 기다리지 말고, 주저하지 말고, 뒤돌아보지 말자. 이 길이라 확신한다면 얼마나 더 가야 하는지 묻지 말자.

그러든지 말든지, 나는 나만의 길을 가는 것이다.

성공보다 더 중요한 것은, 마음속에 여유와 자신이 좋아하는 일을 가지고 있는가이다. 이것이 바로 우리가 분투하는 이유다. 또 이 싸움의 목적은 다른 사람이나 세상을 변화시키기 위해서가 아니라, 세상이 변화되지 않도록 하고 자신의 힘으로 대지 위에 굳게 서기 위해서이다. 나아가 주변 사람들을 최대한 보호할 수 있기 위해서이다.

나의 생활은 사실 아주 평범해서 성공한 사람들처럼 생동감 넘치는 그런 변화는 없다. 하지만 나는 이것이 더 진실하다고 생각한다.

자신의 꿈을 향해 걸어가다 보면 발걸음을 막아서는 장애물들이 아주 많다. 그 장애물에는 그 꿈이 안정적이지 않다고 하는 사람들의 말, 꿈 외에 해야 할 다른 일, 점차 사그라지는 용기, 또는 이미 너무 많은 실패로 인한 좌절감 등이 있다. 이 장애물들 때문에 꿈을 포기하는 사람들도 있다. 그럼에도 당신이 계속해서 밀고 나가는 이유는 한 가지밖에 없다. 바로 그 꿈을 이루길 원하기 때문이다.

세상은 이미 너무 시끄럽다. 지난밤 당신이 얼마나 목메어 울었든 간에, 아침이 되면 도시는 여전히 시끌벅적하다. 그러니 당신은 자신에게 귀를 기울여야 한다.

뿌리가 강하면
바람에 넘어지지 않는다

과거에 나는 나의 약한 모습, 부정적인 모습을 피하고 싶었다. 하지만 그것들은 피할
방법이 없고 오직 익숙해지는 수밖에 없다. 나의 약함을 인정할 때 오히려 더욱 강해
질 수 있다. 자신의 나약함을 깨닫지 못한 사람은 강인함을 논하기에는 부족하다.

———

초등학교 때 반에 뚱뚱한 아이가 있었는데 당시에 친구들은 그 아이
에게 '뚱보'니 '만두'니 하는 별명을 여러 개 지어서 불렀다. 그중에는
'뚱돼지'라는 좀 듣기 거슬리는 별명도 있었다. 남자아이들 가운데
몇 명은 체육시간에 달리기 시험을 볼 때마다 한쪽에 서서 큰 소리로
"빨리 와서 뚱돼지가 뛰는 것 좀 봐"라고 법석을 떨며 비웃곤 했다.
팝콘이라도 먹으면서 구경하지 못하는 것을 아쉬워하면서 말이다.

어릴 적에 우리들 대부분은 무지했기 때문에 그런 행동이 잔인하다고 생각하지 못했다. 우리는 세상이 검지 않으면 희다고 생각했고 온통 취한 사람들 속에 나만 홀로 깨어 있다고 여겼다. 우리는 뚱뚱하다는 이유만으로 거리낌 없이 그 아이를 비웃고 놀려댔다. 그리고 그 아이가 화를 낼수록 더 재미있어하면서 자신이 정의의 사도라도 되는 양 도취되어, 그런 행동이 그 아이에게 얼마나 큰 상처가 될지는 생각하지 못했다. 지금 돌이켜보면 그때의 나를 머저리라고 욕하지 않을 수 없다.

나중에 그가 나를 온라인에서 친구로 추가한 것을 보고 몇 마디 대화를 나눴다. 그는 그때까지도 과거를 한탄하고 있었다. 당시에 그는 집에 돌아가면 매일 부모님께 화를 내고 심지어 자신은 태어나지 말았어야 했다고 생각해 집안 분위기를 침울하게 만들었다고 했다. 이후 그는 자신을 증오하고 열등감에 시달리다가 대학에 가면서 조금씩 좋아졌다. 나중에서야 자신의 비만이 유전이라서 방법이 없다는 사실을 알게 되었고, 그냥 그 사실을 받아들이고 나자 그 후에 조금씩 열등감이 사라졌다고 한다. 그는 이전에 줄곧 자신을 짓누르던 감정이 바로 자신에게서 도망치고 싶은 마음이었다는 사실을 비로소 알게 되었다고 나에게 털어놓았다.

현재 그는 안정적인 직장을 다니고 있으며, 대학교 2학년 때부터 함께해온 여자 친구도 있다. 그는 원래 자신의 사진을 인터넷에 올리거나 공유하는 것을 별로 좋아하지 않았지만 지금은 오히려 포토 앨범을 만들어놓고 자신의 생활을 기록하고 있다. 이 앨범의 이름은 '자기 본연의 모습을 받아들이기'이다. 이 앨범을 보면서 나는 알 수 없는 감동에 휩싸였다. 그리고 이 세상의 신께 우리의 무자비한 비웃음과 따돌림 속에서 그 소년이 착하게도 자신을 잃어버리지 않게 해주신 것에 감사하고 싶었다.

'자기 본연의 모습을 받아들이기.'

이상하게도 이 말을 깊이 새기게 된다.

어릴 적에는 새해가 되면 불꽃놀이를 하곤 했다. 내가 기억하는 그날도 나는 저녁을 일찌감치 먹고 아빠를 졸라서 불꽃놀이를 했다. 그때 우리 집의 불꽃놀이는 불꽃이 열 번 정도 터지는 볼품없는 작은 것이었지만 옆집의 불꽃놀이는 60번이나 터지고 펑펑 터질 때마다 색깔도 변했다. 그 사실을 깨달은 순간 나는 갑자기 부끄러워지면서 왠지 모를 열등감과 초조함에 불꽃놀이가 하기 싫어졌다. 아무것도 모르는 아빠는 신이 난 얼굴로 함께 불을 붙이려고 나를 잡아당겼지만 나는 죽을 만큼 발걸음을 떼기가 싫었다. 당황한 얼굴로 바라보는 아빠에게 나는 한참 후에야 말했다.

"우리 집 불꽃놀이는 안 예뻐……."

정말 당시의 나에게 바보라고 말해주고 싶은 순간 중에 하나다.

어릴 적의 나는 지금 생각하면 바보 같고 우울한 생각을 많이 했다. 예를 들면 왜 우리 엄마는 예쁘지 않을까, 왜 우리 아빠는 더 좋은 것을 사주지 않을까, 왜 나는 키가 크고 잘생기지 않았을까, 왜 나는 4학년 때 근시가 되었을까 하는 것들이었다. 그때만 해도 안경을 끼는 것이 매우 드문 시대여서 나중에 다들 안경을 끼기 시작할 때까지 반 아이들 모두 나를 눈이 넷 달린 청개구리라고 2년 동안이나 놀렸다. 물론 그때나 지금이나 나의 어머니는 세상에 단 한 분밖에 없는 가장 아름다운 여인이고 우리 부모님은 흠잡을 데 없이 좋은 분들이시다. 다만 그때 내가 너무 까다로워서 쓸데없는 비교를 했을 뿐이다.

여전히 허세가 심했던 초중고 시절이 지나고 눈 깜짝할 사이에 대학생이 되었다. 처음에는 대학 생활이 너무 낯설었다. 첫 번째로는 곁에 함께할 사람이 없다는 사실에 적응할 수가 없었다. 나는 혼자서 차를 타고, 밥을 먹고, 학교에 다녔다. 고등학교 시절 친구들과 늘 뭉쳐다닐 때는 혼자 생활하는 것은 상상도 할 수 없는 일이었고 상상만으로도 숨이 막혔다. 그때는 얼마 후에 내가 이렇게 외로운 생활을 하게 될 줄은 생각도 못했다. 그래서였는지 다른 사람들이 함께 어울리는 모습을 보면 무의식적으로 부러웠고 혼자서 밥을 먹을 때는 사람들이 모두 나를 보는 것 같았다. 당시의 나는 '고독은 당신의 필수 과목'이라고 쓰게 되는 훗날의 나와는 거리가 멀었다.

당시 나는 늘 고독은 부끄러운 것이라고 생각했다. 그러나 고독은 부끄러운 것이 아니며, 고독을 부끄러워하는 사람이야말로 부끄러워해야 한다.

이것 말고도 피할 수 없는 실패와의 만남이 시작되었다. 열심히만 하면 시험을 잘 보던 옛날과는 달리 어찌 된 일인지 시험 성적이 늘 좋지 않았다. 그리고 수업 이외의 시간에는 글을 쓰기 시작했는데 2009년에 쓴 15만 자를 날리고 나서 2012년에 완성한 글이 이런저런 이유로 2013년 중간에야 간신히 책의 원고가 되었다. 당시에 동기들은 이미 서너 권씩 책을 냈고 나만 제자리였기 때문에 나는 내 결정이 잘못된 것은 아닌가 하는 생각을 했다. 그렇게 좌절감은 오랫동안 나를 그림자처럼 따라다녔다.

당신도 알다시피 고독이나 좌절이라는 것은 어느 순간 갑자기 찾아와서는 그때부터 당신의 일부분이 되어버린다. 그러나 어쩌면 그것은 모든 사람이 반드시 거쳐야 하는 과정인지도 모르겠다.

어떤 것들은 피할 방법이 없고 오직 익숙해지는 수밖에 없다. 예전에 내가 근시인 내 눈에 익숙해진 것처럼 말이다. 나는 내 본연의 모습을 받아들여서 고독한 모습, 실패한 모습, 낙담한 모습을 인정하고 이러한 나 자신과 잘 지내는 법을 배워야 했다. 부정적인 모습들을 극복하고 싶다면 먼저 그대로를 받아들이고 자신의 모든 결점을 인정해야 한다.

때로는 자신이 사실 매우 나약하다고 인정하는 편이 강한 척하는 것보다 훨씬 쓸모가 있다. 먼저 내가 나약하기 짝이 없다는 사실을 깨달아야 자신을 제대로 인식할 수 있고, 자신이 도대체 누구인지를 알 수 있기 때문이다.

내 주변에는 외로움과 무료함, 실패를 받아들이지 못하고 자신을 그대로 인정하지 못하는 사람들이 많이 있다. 그들은 항상 물질과 거짓말로 남들 앞에서 자신을 포장한다. 그리고 그렇게 사는 것이 완벽하고 아무 문제가 없다고 생각하지만 이들과 오랫동안 함께 지내다 보면 진실함이 없이 모든 것이 허상 같다는 느낌이 든다. 그들을 봐주는 사람이 없을 때의 (사실 남에게 자신의 모습을 보여주는 시간은 한계가 있어서 대부분의 시간에는 아무도 그들을 주목하지 않는다) 공허함과 적막함, 그리고 슬픔, 초조함은 비할 데가 없다. 그들은 영원히 자신이 누구인지를 찾지 못하기 때문에 다양한 역할을 연기할지라도 결국엔 빈껍데기일 뿐이다. 그래서 그들은 늘 고독함, 초조함, 막막함을 느낀다. 그리고 아무리 바쁘게 지내더라도 자신의 내면을 채우지는 못한다.

나는 사람들은 누구나 어린 시절에는 자신이 가장 독특하다고 생각하다가 조금 지나고 나서는 예전의 자신을 부정하는 성장 과정을 거친다고 생각한다. 아마도 알 수 없는 자신감과 열등감 사이에서 균형점을 찾을 때까지 쉴 새 없이 흔들리는 것이 인생인 모양이다.

언젠가 나는 세상에 대해서는 겸손하게 자신을 낮추고, 자신에 대해서는 독립심을 유지하며, 자신이 도대체 어떤 사람인지를 충분히 인식하는 것이 가장 좋은 상태라는 사실을 발견했다.

어쩌면 고독을 견디기 힘들 수도 있다. 그러나 나는 이것도 나의 일부분이라고 생각하고 담담히 받아들였다. 또한 내가 타고난 재능이 없을지도 모른다는 사실을 나의 일부분으로 여기고 받아들였다. 그랬기 때문에 나는 더 단단해졌고, 매일을 진지하게 살아가고 있다고 느낄 수 있었으며, 사람들이 보고 있든 말든 좌절감이 계속 밀려오든 말든, 나의 박자를 지킬 수 있었다.

자신에게서 도피하는 사람은 결국 그 내면 세계가 붕괴되어 점점 불안해질 수밖에 없다. 내실은 오직 내면에서 만들어질 때 밖으로 드러나고, 안정감도 언제나 자기가 자신에게 줄 때 가장 믿음직하다. 예전에 나는 '깊은 밤에 통곡해보지 않은 사람은 인생을 논하기에 부족하다'는 말을 좋아했다. 나는 이 말을 내 방식대로 이렇게 바꿔 말해보고 싶다.

'자신의 나약함을 깨닫지 못한 사람은 강인함을 논하기에는 부족하다.'

강인함은 강한 척하는 것과는 다르다. 강인한 사람은 뿌리가 땅에 박혀 있기 때문에 바람이 한 번 분다고 넘어지지 않는다.

사람들 앞에서 어떻게 행동하든 상관없지만 자신의 고비를 넘지

173

못한다면 그 행동에는 아무런 의미가 없다. 또한 실패에서 잠시 동안은 도망칠 수 있다 해도 평생 도망칠 수는 없다. 그러므로 우리는 성장을 해야 한다. 성장은 본연의 모습을 받아들이는 것으로 고독한 나, 낙담한 나, 실패한 나를 인정하고 더 잘 지내며 나아가 자신을 직시하는 것이다. 누구나 하향세를 겪지만, 그것이 전진하는 데 영향을 주어서는 안 된다.

나는 굼뜬 사람이다. 나는 내가 간혹 멈춰 설 수도 있다는 사실을 이미 알고 있다. 나는 쉬지 않고 달릴 수 있는 사람이 아니기 때문에 때로는 다른 사람보다 늦을 수도 있다. 나는 또 자신과의 경쟁을 너무 좋아해서 내 맘에 들지 않으면 다른 사람의 눈에는 아무런 차이가 없어도 처음부터 다시 하는 경우가 많다. 도무지 타고난 재능이 없기 때문이다. 게다가 나는 어떤 면에서는 약해빠졌다. 그러나 이 모든 것이 바로 나의 장점이다. 다른 사람보다 훨씬 멀리 갈 수 있기 때문이다.

어쩌면 침착하고 담담하게 자신의 모든 약점을 인정하고, 더 이상 다른 사람이 잘 지내는 모습 때문에 초조해하지 않으며, 남이 나를 보지 않아도 여전히 나만의 박자를 유지하는 것이 가장 좋은 모습인지도 모르겠다. 남들보다 더딜지는 모르지만 누구보다 끈기 있게 걸을 수 있고 헛발을 디디거나 다른 사람의 길로 갈까 봐 걱정할 필요도 없기 때문이다.

바보스러울 정도의 끈기로

모두가 포기를 선택할 때 전진을 선택하는 사람들이 있다. 그들은 자신의 재능이 야심을 따라가지 못할 때 더욱 차분히 노력을 기울인다. 이전보다 강해지지 않고서 어떻게 고통에 떳떳할 수 있을까? 고통의 뒤에는 늘 바보스러울 정도의 끈기가 숨어 있다.

2010년은 나에게 가장 힘든 시기였다. 집을 얻는 일이 순조롭지 못해 친구 집에서 침낭을 깔고 지내면서 낮에는 수업을 듣고 밤에는 원고를 썼다. 아침 일찍 출근해야 하는 친구들을 깨울까 봐 아예 도서관에서 밤을 새고 아침에 돌아와 쪽잠을 잔 다음, 정오쯤 다시 일어났다. 그리고 저녁 식사 시간에는 집을 알아보러 다녔다.

이야기가 오갔던 출판사를 찾아갔을 때 여직원은 미소로 나를 맞앉지만 곧 별다른 소득 없이 빌딩을 나설 수밖에 없었다. 그때는 겨울이었는데 그날따라 햇볕이 유독 따뜻했다. 고개를 들고 그 빌딩들을 올려다보는데 문득 나 자신이 너무 초라하고 바보같이 느껴졌다.

하지만 내 옆에는 친구들이 있었다. 친구들이 많지는 않지만 다행히 한 명 한 명 모두가 시간이 선별해준 이들이었다. 그들은 내 표정을 보고는 이것저것 캐묻지 않고 말없이 있어주었다.

내가 집에 돌아오자 라면을 한 솥 가득 끓이면서 킴이 말했다.

"아이 씨, 니들 나한테 라면 여덟 개 빚졌으니까 다음에 가져와."

그리고 빠오즈는 내가 분명히 좋아할 거라면서 노래를 한 곡 추천해주었다. 그 후 나는 콜드플레이Coldplay의 〈Yellow〉라는 노래에 완전히 빠져버렸다.

그 당시에 나는 IELTS 시험을 준비하고 있었는데 늘 한 과목의 점수가 목표에 미치지 못했다. 또한 학교에서 내주는 과제를 위해 사흘 밤을 새웠지만 결과는 꼴찌에서 두 번째였다. 그때 함께 분투하던 친구는 벌써 자신의 세 번째 책을 준비하고 있었다. 그러나 사실 이건 아무것도 아니었다. 어느 날 어머니가 전화를 걸어왔다. 그리고 내게 돈이 부족하지 않은지를 물어보셨을 뿐인데 나는 가슴이 송곳에 깊이 찔린 것 같은 통증을 느꼈다.

나와 내 주변의 친구들에게 좌절은 사실 별것 아니었다. 맘에 안 드는 일을 만났을 때는 가운뎃손가락을 세우고 욕을 좀 해주면 곧 마음이 후련해졌기 때문이다. 그래도 모자랄 때는 노래방에 가서 다 같이 신나게 몇 곡 우렁차게 불러주면 견디지 못할 것이 없었다.

다만 부모님이 생각날 때마다 마음이 아팠다. 나 자신 때문도, 부모님이 실망하실까 봐 걱정되어서도 아니었다. 그냥 부모님이 나를 사랑하고 걱정하신다는 사실이 두려웠다.

그 겨울, 킴은 여전히 실연의 고통 속에 있었다. 그리고 빠오즈의 작업실에는 찾아오는 이가 아무도 없어서 끼니를 걱정해야 할 지경이었다. 유일한 돈은 써서는 안 되는 기찻삯이었다. 그것은 그의 마지막 밑천이었다. 리찡李婧은 그녀의 룸메이트와 심각한 불화를 겪고 있었다. 그리고 나는 진지하게 "이 길이 정 아닌 것 같으면 포기하자"를 고려하기 시작했다.

나의 첫 편집자와 아버지도 내가 생각했던 것과 비슷한 이야기를 했다. 한 사람은 내가 이 일에 적합하지 않다고 했고, 나머지 한 사람은 그 말을 하면서 내 이후의 진로에 대한 계획을 모두 세워두었다고 말했다.

나는 워드 프로그램 화면을 두 시간이나 바라보고 있다가 겨우 한두 구절을 적는 일이 빈번해지기 시작했다. 컴퓨터 화면을 반나절씩 쳐다보다가 결국에는 급하게 아무 말이나 써대기도 했다. 단어집을 멍하니 한 시간 반이나 들여다봐도 기억나는 단어가 하나도 없었고 도서관을 수도 없이 들락거렸지만 그냥 두 다리가 내 것이 아닌 것 같았다. 그리고 그 겨울이 지나갔다.

실패를 받아들일 수 없으면 어떡하지? 포기하기가 찜찜하면 어떡하지? 실패하면 어쩌지? 실력이 전보다 못하면 어쩌지? 최근에 나는 사람들에게서 이런 질문을 자주 들었다. 솔직히 말하면 그렇다고 해서 뭐 어쩌겠는가? 어떤 것들은 포기해버리면 홀가분하고 즐거워진다. 그리고 타고난 재능은 노력한다고 생기는 게 아니다. 내 고등학교 동창은 첫 IELTS 시험에서 바로 8점이 나왔고, 최근에는 GMAT도 가뿐히 760점을 받았다. 그리고 그는 다른 모든 면에서도 아주 능숙하고 여유롭다. 누군가는 당신이 하고 싶어하는 일들을 한꺼번에 잘 해내고, 또 누군가는 압도적으로 EQ나 IQ가 높다. 이럴 때 당신은 어떻게 하겠는가?

나는 능숙하고 여유 있게 많은 일을 해낼 수 없으니 그다지 중요하지 않은 일들은 포기하겠다고 자신에게 말했다. 몇 분 만에 많은 단어를 외우기는커녕 몇 시간씩 걸리는데 어쩔 수 없잖은가?

그래도 나는 일주일에 한 권씩 책을 읽고, 매일 아침에 일어나서 단어를 외우기 시작했다. 가장 싫어하는 일을 끝내고 나서 인터넷을 하는 방법으로 나를 압박하기 위해서였다. 그리고 매일 자기 전에 워드 프로그램에 뭐든지 다 적기 시작했다. 논문도 요구 분량보다 두 배를 쓴 다음 추려냈고, 한 번 써서 맘에 안 들면 두 번을 썼다.

어떤 구절은 보고 또 봐도 아무런 느낌이 오지 않아서 쓸모가 없었다. 어떤 문제는 풀고 또 풀었는데도 시험에 비슷한 유형조차 나오지 않은 적도 있었다. 그러나 어떤 구절이 갑자기 기억나기도 하고 이해하지 못하던 것을 갑자기 각성하기도 했으며 어떤 생각이나 깨달음이 순간 머릿속에 떠오르기도 했다. 그리고 어떤 때는 시험 때 연습했던 것과 비슷한 문제가 나와서 언젠가 밤에 게으름을 피우지 않고 그 문제를 풀었던 것을 다행으로 여기고 기뻐하기도 했다.

이 세상에 갑자기라는 것은 없다. 만일 내가 매일 밤을 새우지 않았다면 여러분은 내가 누구인지 알 수 없었을지도 모른다. 만일 빠오즈가 그 여름에 포기했다면 그의 작업실도 지금처럼 인기 있지 못했을 것이다. 만일 내가 어느 날 밤에 문제를 몇 개 더 풀지 않았다면 IELTS 시험에서 순조롭게 네 과목 모두 8점을 받지는 못했을 것이고, 만일 작년 12월에 아침부터 저녁까지 매일 문제를 풀지 않았다면 순조롭게 GRE를 마치지도 못했을 것이다.

사람들은 모두 야심이 있다. 그러나 이에 상응하여 그 야심을 실현하기 위해서 어떤 대가를 치러야 할지를 모두가 알고 있는 것은 아니다. 많은 사람들은 노력을 조금 해보다가 이내 하늘을 원망하고 남을 탓할 줄만 알지, 자신의 야심이 더 많은 정성을 필요로 한다는 사실은 생각하지 못한다. 목표는 높고 노력은 부족한 것이다. 만일 자신의 재주가 야심을 따라가지 못한다면 차분하게 노력해야 한다. 그리고 당신이 하고 싶은 그 일을 위해서 어느 정도의 힘을 쏟아야

하는지를 잘 생각해보아야 한다.

격려에는 기한이 있다. 그러니 한 번의 자극으로 자신을 순조롭게 변화시킬 수 있다고 기대하지 마라. 동기도 결국에는 자신에게서 비롯될 수밖에 없다. 그냥 방법을 바꿔서 귀에 못이 박히도록 자신을 격려할 수밖에 없다. 계속 넘어져야만 자신의 힘으로 땅을 딛고 서는 법을 배울 수 있다.

무엇도 당신을 한 번에 구원할 수 없다. 한 번에 넘어뜨릴 수 없듯이 말이다. 생활은 모두 하나의 과정이며, 이 과정에는 기나긴 복선이 함께한다. 모든 멋진 것들의 이면에는 고통이 높은 벽처럼 쌓여 있다. 그리고 이 고통의 뒤에는 늘 바보스러울 정도의 끈기가 있다.

나로 말하자면, 예전보다 조금 더 강해졌다. 내가 기꺼이 그 대가를 치렀는지는 상관없이 말이다. 누구나 야심이 있고 또 나약한 시절도 보냈다. 그러나 모두가 포기를 선택할 때에 전진을 택하는 사람들이 있다. 나는 이런 사람을 존경하고 또 그렇게 되고 싶다. 이전보다 강해지지 않고서 어떻게 고통에 떳떳할 수 있을까?

미래가 어떠할지에 대해서는 열심히 걸어가 봐야 알 수 있다.

그럴 가치가
있었어?

어제보다 더 나은 사람이 되고, 당신이 만나고 싶은 사람에게 어울릴 만한 사람이 되자. 내가 먼저 괜찮은 사람이 되어야 그에 걸맞은 사람을 만날 수 있다. 설사 당신이 함께하고 싶었던 그 사람과 이뤄지지 않는다 하더라도 그 기다림은 결코 헛되지 않다.

———

2006년에 라오천老陳은 따딩大丁을 좋아한다는 사실을 처음으로 깨달았다. 그때는 마침 독일 월드컵 시즌이라 학교 점심시간마다 모두 모여 〈뉴스 30분新聞30分〉을 보았다. 라오천은 반에서 가장 키가 컸던 빠오즈를 부추겨서 뉴스 대신 경기 재방송을 찾아내는 데 성공했다. 숨을 죽이고 이 장면을 지켜보던 같은 반 친구들은 빠오즈가 채널을 찾아내자 한동안 우레와 같은 박수와 환호를 보냈다. 그러나 이 기뻠은 겨우 5분밖에 지속되지 못했다. 담임선생님이 어느새 교실 문 앞에 나타났기 때문이다.

그런데 라오천이 일어나 자수를 하려던 찰나에 앞쪽에 앉아 있던 따딩이 한발 먼저 일어나 대신 뒤집어썼다. 따딩의 소행이라는 말에 담임선생님은 별다른 추궁을 하지 않으셨다.

그때 따딩은 자리에 앉을 때마다 머리카락이 등을 다 덮을 정도로 긴 머리를 하고 있었는데 4년 동안이나 자르지 않았다고 했다. 또한 당시에 그녀는 자신이 원하는 상대가 나타나지 않으면 평생 머리카락을 자르지 않겠다고 말했다.

오래전에 라오천은 이런 말을 했다. 그가 평생 잊지 못하는 뒷모습이 둘 있는데, 하나는 그해 월드컵 결승에서 우승컵을 스쳐 지나가는 지단의 뒷모습이고 나머지 하나는 바로 그날 그의 앞에 서 있던 따딩의 뒷모습이라고 말이다.

이 말을 했던 무렵에 그는 따딩의 웨이보에서 그녀의 연애 소식을 접했다. 늘 그녀의 웨이보를 들여다보면서 그녀가 슬퍼하면 함께 슬퍼하고 그녀가 기뻐하면 함께 기뻐하던 라오천은 나를 찾아와 이 세상에서 자신보다 그녀를 더 잘 이해하고 보살필 수 있는 사람이 어디 있느냐고 황당해했다. 그 말에 나는 그의 머리를 후려치면서 "그러면 네가 쫓아다니면 되잖아"라고 말했다.

그러나 라오천은 쓸쓸한 미소를 띤 채 고개를 저었다. 그러고는 자신의 웨이보 임시 편지함을 보여주었다. 나는 깜짝 놀랐다. 거기에는 따딩에게 하고 싶은 말을 담은 편지가 가득했지만 한 통도 발송되지 않았기 때문이었다.

고등학교를 졸업하던 해에 라오천은 고백을 하려고 그녀가 사는 아파트 건물 밑에서 일곱 시간을 기다렸다. 그러나 그 아파트에는 문이 두 개 있었는데 나중에서야 하필 그녀가 다른 쪽 문으로 들어갔다는 사실을 알았다. "이 바보야, 휴대폰은 뒀다가 어디에 쓰려고!"라는 나의 말에 그는 휴대폰이 있다는 사실도 잊어버린 채 따딩에게 할 말을 계속 되뇌면서 그녀가 모퉁이를 돌아 나타나기를 기다렸다고 했다. 그날 그는 자신의 머리를 때리며 말했다.

"그 망할 놈의 문 같으니라고. 왜 따딩이 그날따라 그 문으로 들어갔는지 말 좀 해봐!"

라오천은 늘 수줍은 마음에 하고 싶은 말을 임시 편지함에 담아둘 뿐 그녀에게 보내지 못했고, 따딩은 둔하게도 이과 과목을 가장 좋아했던 라오천이 문과를 선택한 이유를 여전히 모르고 있었다. 가끔은 따딩이 일부러 아무 일도 없는 척하는 게 아닐까 하는 생각이 들 정도였다.

둘은 초등학교 때부터 고등학교까지 쭉 같은 학교를 다녔지만 늘 서로 엇갈리기만 했다. 라오천은 겨우 몇 백 미터를 사이에 두고도 따딩을 늘 만나지 못했고, 어렵사리 같은 반이 되어도 어떻게 말을 걸어야 할지 몰랐으며, 힘들게 용기를 냈지만 결국 만날 수 없었다.

나중에도 라오천은 웨이보에서 따딩의 자잘한 소식을 접할 뿐 그녀를 친구로 추가할 용기조차도 없었다. 게다가 그때는 몰래 지켜보기 기능도 없어서 그는 매번 검색 창에 따딩의 닉네임을 입력해야 했다. 사실 나는 라오천이 왜 그렇게 수줍어했는지 모르겠다. 아마도 사랑에 빠지면 다들 정신이 이상해지는 모양이다.

"이렇게 오래 짝사랑을 하면서 기다렸는데 그럴 가치가 있었어?"

나의 물음에 그는 조금도 주저하지 않고 말했다.

"응."

당신이 누군가를 동경한다면 아마도 그가 당신이 몰랐던 이치를 알려주었거나 그 사람이 풍기는 면모가 당신이 되고 싶었던 모습이기 때문이다. 당신은 온화한 사람이 되고 싶어서 온화한 사람을 좋아하고, 아직 꿈을 믿기에 꿈에 관한 노래를 듣는다. 그리고 강해지고 싶어서 강인하고 노력하는 사람을 좋아한다. 그러나 가장 좋은 응원은 그들의 면모에 열광하는 대신 닮고 싶은 모습을 마음에 품고서 자신도 그들과 닮아가도록 노력하고 있다는 사실을 다른 사람이 알게 하는 일이다.

이전에 사랑했던 사람을 대하는 가장 좋은 방법은 억지로 그 사람을 잊는 것이 아니라 자신이 좋아했거나 상대로부터 배운 점들을 간직하고 더 열심히 사는 것이다. 그렇지 않는다면 그 만남은 의미를 잃어버린다.

당신은 당신에게 힘을 가져다주는 신념과도 같은 사람을 좋아하든지, 아니면 당신을 노력하게 만드는 꿈을 찾아야 한다. 그 이유는 이런 대상이 있으면 진심으로 노력할 수 있고, 넘어져도 다시 힘과 용기를 가질 수 있으며, 행동할 원동력이 생기고 삶이 풍성해지기 때문이다. 바로 이 사실이 중요하다. 미래가 어떨지는 아무도 모른다. 그러나 이런 대상이 있다면 하는 일 없이 하루하루를 보내는 편보다는 훨씬 낫다.

찬란하게 빛나는 사람을 좋아하는 일은 비록 요원한 감정일지라도 조금도 두려워할 필요가 없다. 정성을 쏟고 싶은 사람이나 대상을 만나는 일은 행운이다. 만일 그런 상대를 만난다면 당연히 소중하게 대해야 한다. 결국은 함께할 수 없더라도 그 대상을 좋아하면서 얻게 된 힘이 분명히 자신에게 영향을 주었으니 말이다. 자신의 청춘에서 찬란하게 빛나던 그 사람과 함께하지는 못해도 결국 자기가 원하는 모습이 될 수는 있다.

그렇기 때문에 어떤 만남이든 가치가 있다. 이렇게만 될 수 있다면 이 세상에는 헛된 만남이 없을 것이다.

원래 여기에서 끝을 맺으려고 했지만 라오천이 놀랍고도 기쁜 소식을 전해주었다.

2013년의 어느 날, 라오천은 이 이야기의 결론을 맺었다. 나는 하마터면 머리를 짧게 자른 따딩을 알아보지 못할 뻔했다. 그날은 그녀의 약혼식이었고 그녀 곁에는 라오천이 서 있었다. 그 당시에 막 방영을 시작했던 드라마 〈우리 결혼합시다咱們結婚吧〉에서 주제곡을 부른 장량잉張靚穎은 "끝내 당신을 기다렸어요. 다행히 나는 포기하지 않았어요. 힘들게 찾아온 행복이라서 더욱 소중해요…… 가장 좋은 시절에 당신을 만나서 스스로 기대를 저버리지 않은 셈이에요"라고 노래했다. 그리고 라오천은 사람들 앞에서 이렇게 말했다.

"다행히 내가 더 나은 사람이 되어서 네 맘에 들 수 있었어."

만일 착실한 사람을 원한다면 먼저 착실한 사람이 되어야 하고, 좋아하는 사람을 만나고 싶다면 남에게 호감을 주는 사람이 되어야 한다. 그리고 좋아하는 사람과 함께하고 싶다면 그 사람과 어깨를 나란히 할 수 있는 사람이 되어야 한다. 먼저 내가 괜찮은 사람이 되어야 그에 걸맞은 사람을 만날 수 있다.

때때로 조금 기다려야 하더라도 걱정하지 말자. 하느님이 당신을 기다리게 하시는 이유는 당신이 더 정확한 선택을 하고 더 적합한 사람을 만나게 하기 위해서다. 기다리는 동안 당신이 기다릴 만한 가치가 있는 사람이 된다면 언젠가 나타날 그 사람이 당신의 멋진 모습에 호감을 느끼고 함께하고 싶어할 것이다. 그러니 인내심을 가지고 자신에게 충실하자.

기다림보다는 기다리는 동안 더 나은 사람이 되는 일이 더 중요하다. 원래의 자리에 멈추어 있지 말고 영혼의 반려자가 나타나기를 고대하는 만큼 자아를 찾는 일에 노력해야 한다.

모두가 기다릴 수 있고, 모두가 기다리고 있다. 기다리는 일에 실패하는 사람도 있지만 끝까지 기다리는 사람도 있다. 그러나 기다리는 과정에서 적어도 자신이 싫어하는 모습이 되는 일은 피해야 한다.

문득 라오천이 그날 담배를 피우며 했던 말이 떠올랐다. 그가 평생 잊지 못하는 두 뒷모습이 있는데, 하나는 그해 월드컵 결승에서 우승컵을 스쳐 지나가는 지단의 뒷모습이고 나머지 하나는 바로 그날 그의 앞에 서 있던 따딩의 뒷모습이라던 그 말 말이다.

바보 같은 너는 그렇게 오래 기다렸으면서도 결국엔 또 기다렸지. 꼭 모두가 부러워할 만큼 잘 살아라.

여기까지 읽은 당신도 말이다.

사람들은 모두 자신만의 방식으로 살아간다. 그들은 그들이 원하는 것을 가지고 있고, 나는 내가 원하는 것을 가지고 있다. 그리고 각자의 궤도에서 자신이 원하는 방향으로 나아간다. 우리는 그 길에서 그저 열심히 노력하면 될 뿐이다.

———

전설적인 룸메이트가 한 명 있었다. 그는 수업을 빼먹는 일이 없었고 일주일에 아르바이트를 세 개나 했다.

　근무 시간이 아무리 길어도 잘 버티는 그 모습에 다들 그를 전설이라고 불렀다. 그는 오후 네 시에 나가서 다음 날 새벽 네 시가 되어서야 집에 돌아왔다. 열 시간이 훨씬 넘게 일을 한 것이다. 그런데도 시간이 나면 다른 곳에서까지 일을 했다. 나는 내 옆에 있는 이 사람이 외계인이 아닐까 의심했다. 왜냐하면 사람은 일정 시간의 수면과 휴식이 필요한 법인데 그는 예외처럼 보였기 때문이었다. 그의 이러한 생활패턴에 모두들 '청춘을 너무 필사적으로 혹사시키는 것 같아. 좀 쉬라고 얘기해야겠어'라고 생각했다.

그러나 우리의 권유는 밤을 새우는 일이 이미 습관이 되어버린 사람에게 습관을 고치라는 말처럼 쓸모없는 짓이었다. 그 사실을 나중에야 알았다.

한 친구도 졸업 전에는 전사처럼 대학원 준비, 동아리 활동, 모임 주최에 적극적이어서 어디서나 그녀를 만날 수 있었다. 그녀를 좋아하던 사람 중에 괜찮은 남자도 많았지만 그녀는 늘 아직 누군가에게 정착하고 싶지 않다고 말했다. 그랬던 그녀가 누구보다도 먼저 결혼을 했다. 한번은 모임에서 그녀가 이런 심오한 말을 한 적이 있다.

"사실 결혼은 내 인생의 숙명이야. 힘들고 치열했던 청춘이 지나니까 정말로 원하는 바를 깨달았어. 만일 그때 내가 그렇게 열심히 살지 않았다면 아마 무엇을 원하는지 몰랐을 거야."

며칠 전 새벽 네 시에 팀이 위챗^{WeChat}으로 메시지를 보냈다. 시차 때문에 거기는 이미 아침 7시였다. 디자인 일을 하는 팀은 요즘 고객이 슈퍼 갑질을 해대는 통에 끊임없는 수정 요청에 응하느라 며칠째 잠도 제대로 못 잔다며 투정을 늘어놓았다. 그 말에 '욕심을 줄이면 피곤할 일도 없잖아?'라고 대답하려다가 말았다. 지금의 상황이 바로 그의 생활방식이고, 본인도 분명히 생각이 있을 텐데 내가 굳이 지적할 필요도, 이유도 없기 때문이다.

대부분의 사람들은 어느 순간이 되면 (어쩌면 지금이 바로 그 때일 수도 있다) 주변의 소중한 지인들에게 자신만의 궤도가 생긴다는 사실을 발견한다. 누군가는 갑자기 결혼을 하고, 누구는 박사과정을 밟고, 누구는 은행에 취업을 한다. 그리고 웨이보에 직장 생활에 대해서 투덜거린다. 또한 여전히 여행을 다니는 사람도 있다. 회계를 배운 사람이 사업을 시작하고, 마케팅을 배운 사람이 은행에 취업하고, 결혼을 하고 싶지 않다던 사람이 첫 번째로 결혼을 한다.

그들은 나의 좋은 친구들이지만 모두들 다른 생활방식을 가지고 있다. 예를 들면 나는 이제껏 돈을 버는 데 열심인 적이 없었고 일찍 결혼할 생각도 없다. 유일하게 친구들처럼 할 수 있는 일은 문서를 고치느라 며칠 밤을 새우면서 그사이 해가 뜨는 장면을 보는 것일 터이다. 예전에는 모두가 함께 학교에 다니고, 같은 장소에서 생활하면서 비슷한 생활 주파수를 유지했지만 결국은 각자의 생활 궤도로 떠나갔다.

나는 스스로 갭이어를 시작한 후부터 매일 아침 9시에 일어나 새벽 3시에 잠자리에 드는 나름 규칙적인 생활 패턴이 생겼다. 일주일에 몇 번은 오후에 책을 질리도록 읽었다. 밥 먹는 일도 잊고 읽을 때도 있었고, 한 시간 만에 손을 떼기도 했다. 잠들기 전에는 항상 워드 프로그램을 켜놓고 두 시간씩 멍하니 있다가 뭐라도 쓰면 좋았고 못 써도 괜찮았다. 하지만 내가 상상했던 여행을 다니고 아름다운 풍경사진을 찍는 갭이어와는 완전히 달랐다.

그러나 이렇게 한두 달을 보내면서 이런 생활이야말로 내가 원하던 갭이어가 아닐까 생각했다. 시장에 가는 듯이 번잡한 여행이나 마음에도 없는 일을 하는 대신 이렇게 지내는 생활이 딱 좋았다.

물론 예전에는 친구들이 나보다 더 좋은 직장에서 더 나은 생활을 한다는 사실에 속앓이를 한 적이 있다. 반짝반짝 빛나는 다른 사람의 삶 때문에 내가 원하는 바를 잃어버릴 뻔했던 적도 있다. 그러나 지금의 나는 그들을 부러워하지 않는다. 그들은 그들이 원하는 것을 가지고 있고, 나는 내가 원하는 것을 가지고 있기 때문이다. 나보다 급여가 많고, 더 많은 곳을 여행하고, 더 빛나는 삶을 사는 사람들은 늘 있다. 그러나 이런 사실은 나와 아무 상관이 없다. 물론 자기가 원하는 바를 깨닫기가 쉽지 않지만 조건을 위해서 자기를 바꿀 필요는 없다.

친구들과 장차 어디로 갈지 이야기하다가 문득 이런 결론에 도달했다. 현재의 우리들은 어디로 가든지 어느 정도는 허전함을 느끼지 않을 수 없다고. 어디에서건 생활은 다 비슷하니까 말이다. 중요한 점은 어떻게 사느냐이다.

거울을 보고 자신에게 솔직히 묻는다면 현재 상황의 일정 부분은 자신이 선택한 결과라는 사실을 깨달을 수 있다. 설령 현재의 생활이 당신이 원하던 모습과는 큰 차이가 있더라도 대부분의 원인은 자신에게 있다.

자신이 선택했다면 원망하지 말자. 길이 시작되면 뒤를 돌아볼 수 없거나 돌아보면 안 되는 경우가 있다. 그 이유는 용기 있게 선택했다면 본인이 결과를 책임져야 하기 때문이다.

우리는 모두 자신의 방식대로 살아간다. 매우 의미 있게 보일 수도 있고 아무 의미 없는 듯 보일 수도 있다. 매우 안정적으로 보일 수도 있고, 불안해 보일 수도 있다. 아무도 읽지 않는 책을 쓸 수도 있고, 아무도 모르는 곳에 갈 수도 있다. 어쩌면 이어질 수 없는 상대를 좋아하느라 부질없는 일을 할 수도 있고, 여행을 좋아해서 사람들이 재벌 2세라고 착각하거나 충동적으로 직장을 때려치워서 바라보라는 꼬리표를 달았을지도 모른다. 그러나 이는 모두 우리만의 생활방식이다. 당신이 이미 도박을 시작했고 원하는 생활을 위해서 승부를 걸었다면 이 길을 얼마나 더 가야 할지 물어볼 필요는 없다. 다른 사람이 당신에게 붙인 꼬리표가 무엇인지는 더더욱 신경 쓸 필요가 없다.

우리가 달고 있는 꼬리표는 무엇일까? 우리의 존재방식은 무엇일까? 당신 스스로가 정의하라. 당신도 알다시피 세상에 온 이상, 돌아갈 방법은 없다. 그리고 남들과 차별화된 인생은 당신이 어떻게 사느냐에 달려 있다. 당신에게는 분명히 빛을 발할 만한 요소가 있다. 그 요소는 당신의 박자이고, 남과는 다른 고유한 부분이다. 또한 스스로 걸어야만 출구를 찾을 수 있는 길이다.

어떤 일을 하기로 결심했다면 하자. 설사 아무런 도움이 되지 않더라도 성실하게 완수하자. 왜냐하면 그 과정에서 자신이 누구인지를 조금씩 알 수 있기 때문이다. 자신에게 기한을 정해주고, 귀를 막고 시끄러운 소리들을 듣지 않는 법을 배우자. 이 기간 동안은 주저하지 말자. 시간낭비일 뿐이다.

당신이 좋아하는 일을 하고 다른 것은 신경쓰지 말라. 당신이 포기할 때까지.

당신이 원하는 바를 깨달을 때까지 쉬지 말고 계속하라.

이른 아침에 도서관에서 공부하지만 늘 사람들의 비웃음거리가 되는 당신에게, 공부 말고 다른 분야에서 뛰어난 성적을 거두지만 사람들이 인정해주지 않는 당신에게, 늦은 밤에도 원하는 삶을 위해서 노력하는 모든 사람들을 위해서 이 글을 쓴다.

어른이 되어
많은 것을 잃더라도

어떤 인생이든 평탄하기만 한 인생은 없다. 스스로 선택한 삶을 향해 두려워 말고 한 걸음 한 걸음 나아가보자. 삶은 언제나 신념이 있는 사람에게 무엇인가를 남겨주기 때문이다. 꿈이 있다면 당신은 가진 것이 없어도 모든 것을 가지고 있는 것과 다름없다.

———

몇 년 전 집을 떠나올 때 하드 드라이브에 〈슬램덩크Slam Dunk〉와 〈디지털 몬스터Digital Monster〉를 기어코 밀어 넣는 나를 어머니는 어이없게 바라보시며 '이렇게 컸는데 아직도 그런 만화를 좋아하니'라는 듯한 표정을 지으셨다.

　나는 뭐라고 해야 할지 몰라서 그냥 어깨를 으쓱해 보였다. 사랑하는 어머니에게 이 만화들이 나에게 어떤 의미인지를 어떻게 설명해야 할지 정말 몰랐기 때문이다.

어떤 노래나 물건은 특별한 힘이 있다. 휴대폰 속에서 여러 해를 묵었거나 황금기가 이미 지나서 사람들의 기억 속에서 지워졌어도 여전히 그 힘이 남아 있다. 그래서 그 노래를 듣거나 그 만화를 보던 시절을 기억하면서 당시의 자신을 떠올리면 알 수 없는 힘이 솟는다. 이 힘은 자신의 박자를 느낄 수 있게 하고 세상과는 다른 방식으로 자신에게 귀 기울이면서 행동할 수 있도록 도와준다. 어쩌면 자신의 예전 모습이나 특별한 기억이 그 물건과 연결되어 있기 때문에 더욱 각별한 의미로 다가오는지도 모르겠다.

그러나 당시 자신의 모습이야말로 가장 기억에 남는다. 그 이유는 아무리 '시간이 너무 빠르다'고 요란을 떨어도 지나고 나면 가장 많이 변한 부분은 바로 자기 자신이라는 사실을 깨닫기 때문이다. 마치 '강산은 의구하나 인걸은 간 데 없다物是人非'라는 말처럼 말이다. 가장 두려운 인생이 무엇인지는 몰라도 어느 날 인생을 추억할 때 자신의 말이나 맹세가 빈말에 지나지 않았다는 사실을 깨닫는다 해도 되돌릴 방법이 없다는 점은 잘 알고 있다.

어른이 되면 많은 것을 잃는다. 예를 들어 사소하지만 온종일 즐겁게 가지고 놀던 물건, 마음대로 울거나 웃을 수 있는 능력, 예전에 함께 뭉쳐 다니던 사람들 말이다. 그러나 이런 것들을 잃어버리는 일보다 이런 것들이 없어도 편안해할 모습이 더욱 두렵다. 무려

진 자신을 눈감아주는 것이 바로 어른이 되는 일이며, 우리의 마지막 모습이다.

예전에 빠오즈와 함께 베이징에 갔다가 전형적인 바링허우80後(80년 이후 출생한 중국의 외동아이를 지칭하는 말로, 모든 가족의 관심 아래 부러울 것 없이 자란 세대)로 살집이 약간 있고 승부욕이 아주 강한 베이파오 생활을 하는 남자를 만났다. 그는 베이징에서 3년째 고생을 하고 있었는데 아직 자리를 잡지 못하고 세 번이나 직장을 옮겼다고 했다. 그는 "몇 년간 많은 사람들을 만났지만 별것 안 해도 앞날이 밝은 사람이 있는가 하면 죽어라 노력해도 이 도시에서 살아남기가 여전히 막막한 사람도 있어요"라고 덧붙였다.

후지앙왕滬江網(중국 최대의 온라인 학습 사이트)에서 알게 된 한 여성은 1년 동안 남자친구와 함께 해외유학을 함께 떠나기로 했지만 결국엔 헤어지고는 홀로 상하이로 갔다. 정말 힘든 시절에는 먹을 밥도 없어서 만두 몇 개를 들고 지하철역에서 어디로 가야 할지 헤매기도 했단다. 그러나 지금은 상하이에 직장도 있고 집도 구해서 혼자 힘으로 생활하고 있다.

한때 나는 고향에서 직장 생활을 하면 부모님도 모실 수 있고 훨씬 나은데 왜 군이 대도시로 가서 사서 고생을 하는지, 대단한 결과를 얻지도 못하고 결국엔 집으로 돌아올 거면서 애초에 왜 떠나는지를 이해하지 못했다. 그러다 어느 날 나에게 선택의 순간이 오고 나서야 다른 사람들이 결정을 내릴 때의 심정을 헤아릴 수 있었다.

사람들은 어리석지 않다. 앞으로의 어려움을 알지만 설령 가시밭 길일지라도 걸어가기로 선택했을 뿐이다. 타인의 이해나 기대를 얻지 못하고 심지어는 실패할 수 있다는 사실을 알면서도 여전히 그 길을 선택한다. 마음속에 기대를 품고 있다면 오히려 포기하기란 정말 쉽지 않아서 전진하는 일 외에는 다른 방법이 없다. 그들이 넘어야 할 장애물은 단지 마음의 고비뿐이다.

어릴 적에는 세상을 바꾸기 위해서 노력이 필요하다고 떠들어댔다. 하지만 지금은 보통 사람이 되기 위해서, 자신에게 떳떳하기 위해서, 자신의 선택을 위해서 노력이 필요하다고 생각한다. 대부분의 경우에 노력으로는 세상을 바꾸지 못한다. 그러나 노력은 최소한 세상이 자신을 바꾸지 못하게 하고, 적어도 너무 빨리 무기를 버리고 항복하지 않도록 돕는다.

어쩌면 우리는 처음부터 끝까지 별 볼 일 없는 사람일 수도 있다. 하지만 이 사실이 삶의 방식을 결정하는 데 방해가 되지는 않는다. 나의 짧은 소견으로는, 삶이 녹록치 않다는 사실을 깨달은 후에도 여전히 성실하게, 원망하거나 자신을 비하하지 않고, 여전히 삶을 사랑하고, 열심히 일하는 사람들에게는 노력 자체가 대가이다.

예전에 리쩡과 앞으로 대도시로 갈지 아니면 고향에 남을지를 이야기한 적이 있었다. 나중에 우리는 어디에나 자질구레한 문제들이 있고 언제나 번거로운 일이 생기기 때문에 어느 도시에 살든 생활이 쉽지 않다는 사실을 깨달았다. 그러나 어떻게 지내든 자신의 삶은 자신이 책임져야 한다.

어떤 사람은 자유기고가가 되고 싶다면서 열심히 글을 쓰지 않고, 또 어떤 사람은 대학원 준비를 하고 싶다면서 열심히 공부하지 않는다. 그러면서도 열심히 공부하는 사람을 재미없게 산다고 비웃고, 여행을 떠나는 사람들을 유행에 편승한다고 폄하한다. 나는 사람들이 입버릇처럼 하는 이런 말들이 현실에서 도피하기 위한 변명은 아닌지, 도피와 자기 위안 사이를 불안하게 오락가락하지는 않는지 의심이 든다.

행동만이 불안을 해소할 수 있다. 불안이 깊어갈수록 사람은 서서히 욕망에 굴복한다. 몇 년 후에 더 나은 생활을 할 수 있음에도 어떻게 해서든 최신 유행하는 가방을 사들인다. 이처럼 사람들은 결과가 가장 중요하다는 듯이 사회적 지위나 물질적 조건을 갖추려고 안간힘을 쓴다. 혹 당신이 말하는 노력이라는 것이 자신의 욕망을 만족시키는 수단인지 아니면 진짜로 전진을 위한 일인지 생각해본 적이 있는가?

이런 삶을 산다면 마침내 원하던 결과를 얻는다 해도 그 다음에 무엇을 해야 할지 모를 것이다.

스무 살 무렵에는 그 나이에 걸맞게 살아야 한다. 이때는 당신이 마흔 살에 가질 수 있는 경험과 부를 가질 이유도, 능력도 없다. 손에 쥔 청춘 말고는 아무것도 없다. 그러나 이 청춘 시절이 당신이 어떤 사람이 될지를 결정한다.

나는 이 세상에 안정감이라는 것이 정말로 있는 건지, 아니면 다들 안정감이 없다고 말하기 때문에 우리도 안정감이 없다고 느끼는 건지 잘 모르겠다. 나에게 안정감에 대한 정의는 두 가지밖에 없다. 하나는 남이 주는 에너지는 언젠가는 사라지기 마련이라서 가장 믿을 만한 안정감은 본인만이 줄 수 있고, 안정감을 얻기 위해서는 행동해야 한다는 점이다. 자신이 처음 가졌던 소망을 생각하고 고개를 들고 계속해서 강인하게 걸어나가자.

오직 행동만이 당신의 모든 불안을 해소할 수 있다.

누구에게나 시간은 똑같이 하루하루 지나간다. 하지만 본인의 노력에 따라서 풍요로워질 수도 있고 무기력해질 수도 있다.

왜 우리는 아무리 상처를 받아도 계속 앞으로 나아가는 걸까? 왜 아무리 실망해도 어떤 사람이나 꿈을 포기하고 싶지 않은 걸까?

사람들이 꿋꿋이 나아가는 이유는 전진하고 싶어서이고, 세상에 항복하고 싶지 않아서이다. 당신과 완전히 똑같은 사람도 없고, 언제나 당신 곁에 있어 줄 사람도 없다. 어쩌면 먼 훗날에는 지금 소중하게 여기는 사람을 기억조차 못 할지 모른다. 비록 그렇더라도 이 유한한 인생에서 나와 함께 이 시기를 헤쳐 나가며 함께 꿈을 위해 노력하고, 고독과 방황을 함께 경험하기를 원하는 사람이 있었다는 사실이야말로 가장 큰 행운이다. 이렇게 생각하면 인생이라는 것이 정말 근사하게 느껴진다.

　당신은 지금 가진 것이 없지만, 모든 것을 가지고 있기도 하다. 멋진 꿈이 있으니 말이다. 스스로 선택했다면 갈 길이 멀다고 두려워하지 말자. 삶은 언제나 신념이 있는 사람에게 무엇인가를 남겨주기 때문이다.

자신을
낭비하지 않으려면

실천하지 않는 계획은 없느니만 못하고, 실천이 없는 생각도 아무 의미 없다. 주저할 필요 없이 하고 싶은 일이 있다면 그냥 하면 된다. 시간을 끌지 말고 오늘 할 수 있는 일은 오늘 하자. 눈앞의 일에만 집중하면 간섭받을 이유도, 결과를 걱정할 필요도 없다.

———

여러분의 주변에도 이런 사례가 있는지 모르겠다.

편의상 이 사람을 A라고 하자. A는 매우 바쁜 사람으로 인터넷에서 시나新浪 사이트(중국의 포털 사이트)의 공개 수업을 다운로드하고 요우쿠優酷(중국판 유튜브라 할 수 있는 중국 최대의 동영상 미디어 사이트)에서는 호평을 받은 연설문을 내려 받는다. 며칠에 한 번씩은 서점에 가서 대학원 입학에 관한 자료를 찾고 단어집도 여러 권 사들인다.

그는 매일 단어 100개를 외우고, 공개 수업을 하나씩 보고, 일주일에 한 번씩 강연을 듣기로 완벽하게 계획을 세웠고 실천만 남았다. 그러나 갑자기 걸려온 친구의 전화에 계획을 바꿔서 친구들과 밥을 먹고는 내일부터 시작하기로 마음먹었다. 며칠 후에 또 다른 일 때문에 계획이 엉망이 되자 그는 다시 할 일을 다음 날로 미뤘다.

그는 노력한 걸까? 노력했다. 적어도 공개 수업을 몇 편 보았고, 단어도 며칠 외웠기 때문이다. 그럼 그가 어떤 성과를 거뒀을까? 아직은 아니다.

얼마 지나지 않아서 그는 계획을 포기했다. 그러나 문제는 자신의 잘못이 아니라고 생각하는 데 있다. 그는 분명 자신을 바꾸려고 했고, 정말로 단어를 외우려고 했다. 사실 단어를 외우기도 했고, 강연도 보았다. 하지만 점점 버거워지고 단어도 외울수록 어려워지면서 결국엔 지킬 수 없는 계획이 되어버렸다.

더욱 나쁜 일은 그가 걱정하고 원망한다는 사실이다. 그는 힘들게 계획도 세우고 분명히 노력도 했는데 왜 다른 사람은 다 외운 단어를 외우지 못할까 하는 생각에 불공평하다고 느꼈다.

책을 사면 몇 번 들춰보고는 다시 들여다보지 않고, 다운로드한 참고자료들도 그대로다. 도서관에서도 전화기를 만지작거리거나 멍하니 있다가 집에 와서는 공부를 하고 온 척한다. 그중에서도 가장 큰 착각은 바로 수집과 정리를 공부라고 생각하는 부분이다. 수집이

나 정리는 무언가에 몰두하는 일과는 완전히 다르다. 그러므로 시간을 쏟아도 효과가 없다고 원망하지 말고 진지하게 자신이 도대체 어느 정도의 노력을 이 일 자체에 쏟고 있는지 생각해봐야 한다.

실천이 없는 계획은 당신을 망칠 뿐이다. 왜냐하면 당신이 이미 실천하고 있다고 착각하게 만들고, 열심히 계획을 세웠기에 남들보다 한 발짝 더 앞섰다고 생각하게 만들기 때문이다. 그러나 이는 사실이 아니다. 계획을 세우기만 하고 실천하지 않는 당신은 가짜 이상주의자일 뿐이다.

사실 방해를 받지 않는 법은 아주 간단하다. 휴대폰을 끄고 좋아하는 노래를 한 곡 고른 다음, 숨을 깊이 들이마시고 해야 하는 일 속에 자신을 던지면 된다.

B양의 사례를 하나 더 살펴보자.

여행을 가고 싶은 그녀는 친구들의 여행사진을 볼 때마다 몹시 부러워하고 동경했다. 그녀는 나중에 시간이 나면 먼저 싼야시三亞市(중국 하이난섬의 최남단, 하와이와 기후가 비슷하고 아름다운 해변을 갖추고 있어 중국의 하와이라 불린다)에 갔다가 구랑위鼓浪嶼(중국 샤먼시에 있는 관광지)에도 가고, 몰디브에도 간다면 얼마나 좋을까 하는 상상을 했다. 그리고 이 계획을 위해서 그럴 듯하게 인터넷에서 각종 자료도 찾아두었지만 여러 날이 지나도 그녀는 어디에도 가지 않았다.

그녀는 항상 다른 사람의 생활을 부러워하지만 그들이 실제로 여

행을 다녀왔다는 사실을 제외하면 그녀와 다를 바 없다는 사실을 모른다. 그녀처럼 우리는 항상 꿈을 미래로 미뤄둔다. 여행도, 하고 싶은 일도 나중으로 미룬다. 그러다 정작 미래의 그 시간이 되면 꿈꿔왔던 미래는 그저 말뿐이고 갑자기 '시간 부족'이라는 핑계가 생겨버린다. 그리고 이런 이유들은 자신의 게으름이나 나중으로 미루는 습관을 위한 핑계일 뿐이다.

삶의 두려운 부분이 바로 이것이다. 이런 생활 방식은 분명 자신을 바꾸고 싶지만 무언가에 가로막힌 듯한 생활이다. 또한 분명히 노력은 하지만 그 노력이 어디로 갔는지 알 수 없는 생활이다. 그들은 이런 생활에 불안함을 느끼지만 그렇다고 상황을 바꿀 수 있는 실행력도 없다.

시간을 낭비하는 일은 자신을 낭비하는 일이다. 자신을 낭비하는데 어떻게 멋진 미래가 당신을 기다릴 수 있을까? 당신에게는 현재밖에 없다.

사람들은 눈앞의 이익에 홀려 멀리 있는 미래를 소홀히 한다. 앞에 있는 사람을 위해서는 아낌없이 희생할 수 있지만 확실하지 않은 미래를 위해서는 어려움을 무릅쓰지 못한다. 자극이 되는 강연을 들으면 의지에 불타올라 바로 단어집을 꺼내서 매일 단어 100개를 외우겠다고 독하게 결심하지만 결국엔 계속하지 못한다.

원망하기 전에 왜 자신이 실천하지 않는지에 대해서 생각해본 적이 있는가? 분명히 좋은 계획이 있었는데 왜 그 계획대로 차근차근 해오지 못했을까? 사람들이 어떻게 하면 더 빠르게 성공할 수 있을지, 어느 길이 더 나을지를 물어올 때마다 나는 사람들이 말하는 성공이나 더 좋은 길이라는 것은 없다고 말한다.

이런 사람들에게 성공이라는 것은 없다. 현재 성공의 기준은 자동차, 집, 돈이다. 그래서 이런 것들이 없는 사람은 실패자가 된다. 또한 누군가는 텔레비전에 나오는 A라는 사람이야말로 성공한 사람이라고 당신에게 말한다. 내 생각에는 당신이 A와 같은 사람이 되고 싶다고 해도 크게 비난할 일이 아니다. A역시 자신의 분야에서 뛰어난 사람이므로 당신이 그 일을 하고 싶다면 이는 아주 좋은 생각이기 때문이다. 또한 당신이 이런 성공의 기준에 대해서 천성적으로 거부감을 가지고 있다면 다른 선택을 해도 상관없다. 시험 삼아 다른 일들을 해보는 것도 좋다고 생각한다.

많은 사람들은 마지막에 현실과 타협하여 평범한 삶을 사는 모습을 꿈에 대한 배반이라고 생각하거나 꿈을 이루지 못할 바에는 애초에 고생할 필요 없이 일찌감치 운명을 받아들이는 편이 나았다고 여긴다. 그러나 사실은 그렇지 않다. 가장 좋은 생활 방식은 젊을 때는 미련하더라도 꿈을 향해 노력하다가 마지막에는 평범한 생활로 돌아가서 현실에 적응하여 살아가는 일이다. 물론 꿈을 이룬다면 최선이겠지만 이루지 못한다 해도 너무 아쉬워할 필요는 없다.

본래 꿈은 쉽게 실현되지 않는다. 최상의 목표는 소수의 사람들의 몫이라 해도 우리는 여전히 꿈을 위해서 자신의 양심에 부끄럽지 않을 만큼 노력해야 한다. 그래야만이 이후의 생활에서 성공보다 중요한 내면의 풍요로움을 얻을 수 있다. 이 풍요로움은 우리가 넘어질 때마다 쌓이는 미래를 위한 자본이다.

더 나은 길은 없다. 현재 세워놓은 계획이 바로 당신의 계획이자, 당신이 반드시 실천해야 하는 목표다. 계획을 보완할 수는 있지만 임의대로 진행하거나 변경해서는 안 된다. 변경된 계획은 많든 적든 실행력과 본래의 의미를 잃어버린다. 계획이라는 것 자체가 스스로를 채찍질하기 위한 일인데 자꾸 변경한다면 무슨 의미가 있을까?

미래에 더 좋은 길이 있을지 모르는데 지금 선택한 길 때문에 시간을 낭비할까 봐 걱정하지 말자. 더 좋은 길은 없다. 당신이 가려고 하는 그 길은 결국에는 가야 한다. 설령 그 길이 정말로 멀리 돌아가는 길이라 해도 그것은 당신에게 속한 길이다. 또한 그 길을 가면서 당신이 보아야 할 풍경을 볼 수 있다. 또한 한 길을 계속해서 걸어갈 수 있다면 그 길이 다채롭지 않을까 봐 걱정할 필요가 있을까?

그러므로 행동을 하자. 만일 다행히 이미 세워둔 계획이 있다면 그 계획을 실천하자. 신념을 갖는 최고의 방법은 바로 골치 아프게 하는 그 일을 하는 것이다.

만일 당신에게 계획이 없다면 차라리 세우지 말자. 가고 싶었던 장소를 여행하는 일도 물론 좋지만 이름 모르는 풍경을 보는 여행도 나쁘지 않다. 어딘가를 여행하고 싶다면 가자. 즐기고 싶으면 즐기고 너무 많은 걱정으로 자신을 속박하지 말자. 기분 전환이라는 목표도 이루지 못하면 학습 목표는 더더욱 달성하지 못한다. 또한 다른 사람의 이목을 위해서 자신을 바꿀 필요는 전혀 없다.

사람들은 자기가 좋아하는 일을 해야 한다고 말한다. 그리고 서른, 마흔이 되기 전에 해야 할 일을 모두 정해야 한다고도 한다. 무슨 수로 그렇게 쉽고 빠르게 하고 싶은 일을 찾을 수 있을까? 만일 당신이 여행을 갈지, 대학원을 준비할지를 정하지 못하고 수많은 선택 사이에서 배회하고 있다면 우선 당면한 일을 잘하자.

그리고 결정을 내렸다면 자신에게 약간의 생각할 시간을 주자. 이 시간 동안 복잡하고 불안한 마음을 모두 던져버리고, 중도에 포기했던 경험들도 모두 과거로 보내고, 원망이나 고통도 잊어버리자. 이 시간 동안 당신은 반드시 과거의 자신과 작별해야 하고, 게으른 당신, 늘 생각만 하고 실천에 옮기지 못했던 당신을 이겨내야 한다. 이 시간을 얼마로 정할지는 본인이 누구보다 잘 알고 있을 것이다.

내일 무슨 일이 있을지 아무도 모른다. **실천만이 1초 후의 미래를 결정할 뿐이다.**

방랑이
헛수고일 뿐이라고?

아주 높이 올라가거나 멀리 가보는 이유는 전체를 보기 위해서이다. 많이 보아야 무엇을 고를지 알 수 있고, 멀리 가야 자기가 원하는 바를 알 수 있다. 많이 보고 많이 들으며 가고 싶은 곳을 향해 계속 나아가자. 무엇이 중요한지 깨닫는 순간이 올 것이다.

지난 주말에 나는 캐런을 포함하여 몇몇 친구들과 이야기를 나눴다. 요즘에는 모이면 늘 미래에 대한 계획이나 일 그리고 앞으로 어디에서 살지에 대해서 이야기한다.

　친구들 중에는 일이 잘 안 풀리는 사람도 있고, 꾸준히 노력하는 사람도 있다. 그리고 아직 진지하게 미래에 대해서 생각해보지 않은 사람도 있고, 벌써 준비를 시작한 사람도 있다.

고향에 머무르는 일이 시시해 보이는지 대부분의 사람들이 결국 엔 다들 고향을 떠난다. 아무리 타지에 집이나 직장을 마련한다고 해도 척 하면 마음을 알아주는 친구들이나 부모님이 계시는 고향과 는 비교할 수 없다. 그런데도 이상하게 고향에 자리를 잡기에는 마음이 편치 않다. 이미 여러 해 동안 객지에서 공부하고 경험을 쌓아서인지는 몰라도 특별한 이유 없이 고향으로 돌아가는 일이 왠지 시간 낭비처럼 느껴지기 때문이다.

우리가 객지에서 떠도는 생활은 도대체 무슨 의미가 있을까?

내 친구는 곧 서른이다. 인생의 길이로 보면 아직 한참 젊지만 그가 퇴사를 한 후 모든 것을 다 내려놓고 고향으로 돌아가서 새 출발을 하기로 했다는 소식을 들었을 때 우리는 놀라지 않을 수 없었다. 그는 타지에서 10년이 넘도록 지내는 동안 급여도 적당하고 안정적인 직장과 친구들이 있었다. 그의 결정을 이해하지 못한 우리는 그에게 이대로 고향으로 돌아간다면 지난 몇 년 동안의 시간을 낭비한 셈이 아니냐고 물었다.

그는 어부와 부자의 이야기를 들려주었다. 대강의 이야기는 이렇다. 어떤 부자가 자신의 재산을 포기하고 어촌으로 돌아갔다. 그러자 어릴 적부터 어촌에서 살아온 한 어부가 그 부자를 비웃으며 타지에서 그렇게 오랫동안 고생해도 결국에는 똑같이 바닷가에서 물고기나 잡고 있으니 타지로 간다 해도 별다른 수가 없는 모양이라고 말했다. 그 말에 부자는 웃으며 당신은 평생 이곳에서 지낼 수밖에 없었지만 나는 이곳으로 돌아오는 쪽을 택했다고 대답했다.

당신이 다양한 세계를 볼 능력이 없고 물만 마실 수 있을 때에는 다른 음료를 마셔보지 못했기 때문에 물이 좋다고 말할 수 있다. 그러나 외부 세계를 유람하면서 콜라나 와인과 같은 더 맛있는 음료들을 마셔본 후에도 물이 좋다고 말한다면, 그 말은 당신이 정말로 물을 좋아한다는 뜻이 된다.

고향에서 새 출발을 하겠다던 그 친구는 의연하게 일을 그만두었다. 그리고 자신이 내린 선택을 위해서 앞으로의 생활을 책임지겠다고 힘주어 말했다. 선택이라는 것은 일단 하고 나면 무궁무진한 힘이 생긴다. 결정했다면 원망하거나 불평해서는 안 된다. 자신을 위해서 스스로 결정했다면 모든 결과를 스스로 책임져야 한다.

얼마 전에 그를 만났는데 약간 초췌해지긴 했지만 그와 앞으로 해야 할 일들에 대해서 이야기를 나누면서 나는 분명히 그의 눈빛을 느낄 수 있었다. 그가 이렇게 즐거워하는 모습을 전에는 본 적이 없었다. 나는 그가 옳은 선택을 했다고 믿는다.

그를 보면서 우리가 방랑이나 노력을 하는 이유는 세상을 경험하기 원하고 자신에 대해 알기를 원하기 때문이라는 사실을 깨달았다.

함께 유학을 했던 M은 나에게 가장 강렬했던 공항에서의 느낌이 무엇인지 물었다. 나는 "이별이겠지, 공항이 이별 말고 또 무슨 의미가 있겠어?"라고 대답했다. 그는 고개를 저으며 그가 가장 울컥했던 경험은 평소에 나약한지 아니면 강인한지 알 수 없는 어떤 사람이 눈물범벅을 하고서도 헤어질 때 절대 뒤돌아보지 않던 모습이라고 말했다.

사실 이런 기분을 겪는 사람들이 어찌 유학생뿐일까. 고향을 떠나기로 결정한 사람들은 모두 이런 기분을 겪을 것이다.

어떤 사람은 고향에 남는 쪽을 선택한다. 이는 힘들어도 자신이 원하는 일이라고 확신하기 때문에 자발적으로 선택한 결정이다. 원점으로 돌아가기로 결정하는 사람도 있다. 다른 사람의 눈에는 그들의 방랑이 헛수고일 뿐이지만 방랑을 해본 사람은 방랑이 그들에게 가져다준 것이 무엇인지 안다.

야심이 있으면 고통을 받아들일 수 있다. 우리는 세상을 보고자 하는 마음을 버리지 않고 더욱 풍부하고 다채로운 생활을 위해서 고향을 떠나 멀리 간다. 심지어는 처음부터 다시 시작하기도 한다. 당신의 마음속에는 문을 박차고 멀리 나가려 하고, 자신의 꿈을 좇으려는 끊임없는 열정이 있다는 사실을 인정하자. 이런 열정 때문에 앞에 펼쳐진 길이 아무리 구불구불하더라도 당신은 전진을 택한다.

나는 훗날 고향으로 돌아가든, 혹은 낯선 도시에 남든 반드시 혼자 힘으로 생활하기로 결정했다. 나는 몇 년 동안 혼자서 생활해보았기 때문에 설사 아프리카에 홀로 남게 되어도 굶어 죽지 않는다는 확신이 있다.

어쩌면 어느 날 문득 내 친구처럼 내가 추구해오던 바를 깨달을지도 모른다. 나는 이것이 바로 방랑의 의미라고 생각한다.

바깥세계를 돌아보지 않으면 영영 자신에게 무엇이 가장 중요한지, 원점이 무엇인지를 모를 수도 있다.

어쩌면 당신은 나처럼 혼자서 낯선 도시, 혹은 낯선 나라에 머물고 있을지도 모른다. 또한 1년에 집에 가는 날이 손으로 꼽을 정도로 적고 부모님과 함께 보내는 시간은 더 얼마 안 되는 생활을 할 수도 있다. 아니면 장차 어디로 가야 할지 고민하면서 길고 긴 방랑이나 노력이 무슨 의미가 있는지 생각할지도 모른다. 그러나 당신도 언젠가는 나처럼 점점 여유롭고 담담해져서 생활의 어려움을 더욱 이성적으로 바라보거나 자신을 더 잘 이해하는 날이 올 거라고 생각한다. 이런 역량들은 자신이 본래 가지고 있는 힘이라서 당신이 어디에 있든지 늘 따라다닌다.

사람들은 살면서 완전히 똑같지는 않더라도 어느 정도 비슷한 과정을 겪는다. 우리는 모두 방랑의 과정에서 주저한 적이 있고, 어떤 목표를 위해서 다른 무언가를 포기해본 경험이 있다. 포기해보았기 때문에 현재 가진 것들이 얼마나 소중한지 알고 있다.

계속 나아가자, 당신이 가고 싶은 곳으로.

올라가자, 당신이 원하는 높은 곳으로.

멀리 보면 평화로워질 것이다. 많이 보면 무엇을 선택해야 할지 알 수 있을 것이다.

나는 이것이 바로 방랑의 의미라고 생각한다.

PART 4

세상을 벗 삼아

가장 기쁜 순간은 오랫동안 만나지 못했던 좋은 친구와 변함없이 여전히 서로 놀려대며 이야기를 나누는 때이다. 이럴 때면 물리적인 거리는 그렇게 중요하지 않다는 사실을 비로소 또렷하게 느낄 수 있다.

———

친구들과 나는 노래방에 가면 항상 동력화차의 〈당〉이라는 노래를 고른다. 우리는 원래 노래를 부르면서 장난을 잘 치지만 "우리 세상을 벗 삼아 자유롭게 살아보세. 말을 타고 질주하며 세상의 아름다움을 함께 누리세. 술을 들어 노래하며 마음속의 기쁨을 노래하고 뜨겁게 청춘의 화려한 시절을 누려보세" 부분을 부를 때는 늘 일어나 매우 진지하게 불렀다. 마치 자신도 청춘의 화려한 시절을 누리듯이 말이다.

친구들을 만나지 못한 지 이미 오래다. 고등학교 때 절친한 사이였던 우리들은 함께 수업을 듣고, 같은 여자아이를 좋아하고, 파일도 함께 공유했다. 그러나 대학에 가면서 해외에 갈 사람은 해외로 가고, 다른 도시로 갈 사람은 다른 도시로 가서 각자의 생활을 시작했다.

순식간에 5년이 지난 지금, 나는 처음 도착했던 멜버른으로 돌아왔다. 한 친구는 쑤저우에서 회사 생활을 시작했고 또 다른 친구는 베이징에서 호적도 없이 베이퍄오로 지낸다. 한 명은 매일 친구들에게 자신의 일에 대해서 투덜거리고, 또 한 명의 26세 '늙은 남자'는 베이징에서 자신의 꿈을 좇고 있다. 그리고 나는 멀리 호주에 있다.

멜버른에는 이틀 내내 비가 내렸다. 10월 말의 멜버른은 원래 여름이지만 지금은 몸이 떨릴 정도로 춥다. 시험도 다가오고 집 문제도 있어서 마음이 심란하다고 위챗 모멘토에 올렸더니 1분 만에 친구의 메시지가 왔다. 나는 늘 우정이 사랑보다 훨씬 진실하다고 생각한다. 물론 사랑이 찾아오면 우정을 소홀히 하지만 사랑의 빛이 사라지고 나면 곁에서 우리를 지탱해주는 것은 분명 우정이다.

솔직히 시간이 지날수록 좋은 친구들과의 교류는 점점 줄어든다. 런런왕은 이미 거의 사용하지 않고, QQ를 켜놓기는 하지만 그냥 습관일 뿐 누군가를 찾아서 대화를 하기 위해서는 아니다. 상태 표시 역시 숨기기로 바꿔두었다. 예전에 QQ에는 매일 수천 수백 개의 소식이 있었는데 지금은 너무 조용해서 어떻게 첫마디를 시작해야 할지 모를 정도다. 아마도 어떤 단계가 되면 다들 각자 인생의 중요한 갈림길에 도달하기 때문에 예전의 우정은 이렇게 싱거워지는 것 같다.

그러나 지금처럼 모멘토에 최근의 힘든 일을 올리면 첫 번째로 나에게 말을 거는 사람은 '좋아요'를 눌러주고는 소식이 없는 사람들이 아니라 나의 오랜 친구들이다. 이 친구들은 흔적도 없다가도 내가 낙담했을 때는 바로 나타나서 그들만의 방식으로 관심을 기울인다.

이유는 알 수 없지만 다른 사람들과의 관계가 아주 좋아지면서 오래된 친구와는 연락이 뜸해지는 때가 있다. 그러다가 또 특별한 이유 없이 새 친구들과의 연락이 끊어지면 결국에는 처음부터 함께했던 친구들만이 남는다. 낙담했을 때, 꿈이 너무나 요원할 때, 일이 순조롭지 않을 때 주소록을 열면 몇 마디 말을 나눌 수 있는 상대는 역시 원래의 그 친구들이다. 그래서 남아있는 친구들이 더욱 중요하다.

나는 내성적인 성격은 아니지만 그다지 사교적이지도 않다. 물론 인맥이 어떤 면에서는 전부라고 할 만큼 중요하다는 사실도 알지만 인맥을 경영하기보다는 자연스럽게 이루어지는 쪽에 더욱 익숙하다. 그리고 최근 1, 2년 사이에 나는 더 게을러져서 교제니, 인맥 경영이니 하는 것도 귀찮고 오직 새로운 친구를 사귀기 위한 모임에는 더더욱 가고 싶지 않다. 그 사람들이 하는 말 중에서 어디까지가 진심이고 어디까지가 그냥 하는 말인지를 구분하기도 귀찮아서다.

그렇더라도 나는 어쩔 수 없이 다양한 역할을 맡아서 여러 색깔의 사람들을 만나느라 바빠졌다. 우리는 서로의 이름, 이메일 주소, 전화번호를 알고 있다. 그리고 언제 서로가 필요할지도 알고 있다. 우리는 모두 상대방에게 의미는 없지만 듣기 좋은 말을 하는 법을 배워서 입만 열면 번지르르한 말만 늘어놓을 줄 알게 되었다.

이쯤 되면 좋은 친구가 얼마나 소중한지 깨달을 것이다.

우리에게 아무것도 없었을 때 그들은 우리 곁에 함께 있어 주었다. 그들은 청춘의 시간을 우리를 포용하는 데에 사용했다. 그래서 그들 앞에서는 가면을 벗어던지고 불평을 하고 싶으면 불평을 하고, 욕을 하고 싶으면 욕을 하고, 바보짓을 하고 싶으면 바보짓을 하고, 웃고 싶으면 신나게 웃고, 울고 싶으면 목 놓아 울 수 있다.

친구 앞에서는 이미지고 뭐고 필요없다. 체면을 차리지 않아도 되고 손해나 이익을 따질 필요도 없기 때문에 편하게 행동할 수 있다.

'동행'은 내 삶에서 매우 중요한 단어이다. 왜냐하면 우리는 고독하게 태어나 다양한 사람들을 만나면서 살아가기 때문이다. 사실 모두가 이 사실을 분명히 알고 있다. 그래서 나를 위해 발걸음을 멈추기 원하는 사람들 한 명 한 명이 매우 소중하고, "같이 좀 걷자"라고 말할 수 있는 사람들이 너무나 귀하다.

친구들을 만났기 때문에 비로소 지금의 내가 있다. 또한 친구들 덕분에 추억이 더욱 또렷한 듯하다. 시간이 빠르게 흘러간다고 걱정할 필요도 없고, 기억이 희미해진다고 걱정할 필요도 없다. 기억이

나지 않아도 친구만 있으면 바로 기억해낼 수 있고, 말을 잘 못해도 친구만 있다면 함께 나눌 수 있기 때문이다.

나는 오랜 친구들과의 연락이 점점 줄어도 걱정하지 않는다. 사무실에 앉아 있는 것과 방학 때 함께 농구를 하던 시절은 완전히 다른 인생이지만 상황이 변했다고 해서 멀어질까 걱정할 필요는 없다. 몇 년 사이에 우리는 모두가 각자의 길을 가야 한다는 사실에 익숙해졌기 때문이다.

나는 친구들이 너무 바빠서 나를 귀찮게 할 시간이 없기를 진심으로 바란다. 또한 누가 누구를 떠난다고 해서 어떻게 되는 것도 아니니까 걱정하지 말자.

친구들이 야근을 하고, 욕을 먹고, 기분이 나쁘고, 실연을 당하고, 꿈이 깨어지면 주저 말고 나에게 "힘들어"라고 위챗을 보내거나 전화를 걸면 된다. 그 참에 실컷 놀려줄 테니 말이다. 비참해봤자 얼마나 비참하겠는가? 무엇이 두려운가? 그때 우리는 아무것도 없던 바보들이었는데. 그냥 만나서 컵라면이나 먹으면 기분이 좋아질 것이다.

세상은 황당하기도 하고 진실하기도 하며, 변화무쌍하다. 하지만 다행히 우리에게는 친구가 있다.

"말해봐, 우육탕면 아니면 새우볶음밥? 내가 살게."

"야, 크게 쏜다며?"

결국엔
헤어지더라도

누군가와는 이미 마지막 만남이었는지 모른다. 또 얼마나 중요한 사람인지 아직 깨닫지 못한 만남도 있을 것이다. 결국엔 헤어지더라도 인생에서의 만남은 모두 의미가 있다. 그들이 있었기에 당신도 지금껏 이 길을 걸어올 수 있었다.

———

한번 상상해보자. 당신이 누군가를 좋아했는데 마침 그녀도 당신을 좋아하고 있다. 이런 드라마와 같은 일이 쉽게 당신에게도 벌어져서 당신은 그녀와 함께했다. 둘은 매일 교복을 입은 채로 수많은 대화를 나누었다. 또한 이어폰을 한 쪽씩 나눠 끼고서 함께 꿈을 나누기도 하고 함께 아르바이트를 하기도 했다. 그리고 어른이 되면 같이 콘서트를 보러 가자고 약속했다. 그러나 이 많은 일들을 다 해보지도 못했는데 어찌 된 일인지 헤어져버렸다.

그 후에 또 다른 누군가를 좋아했지만 이번에는 그녀가 당신을 좋아하지 않았다. 그래서 당신은 마치 로맨스 드라마의 주인공인 양, 자신의 감정을 숨기고 그녀의 행복을 빌어주었다. 그러고는 그녀와 무슨 이야기든 나눌 수 있는 좋은 친구로 남았다. 하지만 당신은 다른 남자를 좋아하고 있다는 그녀의 말에 안절부절못하며 대책을 궁리할 뿐이다.

그 후에, 그 후는 없다.

R이 한 말이 아직도 생생하다.

"짝사랑의 장점 중 하나는 그녀의 행동 하나하나를 볼 수 있다는 거야. 설령 무심코 너를 향해 한 번 보여준 웃음이라도 몇 년 동안 기억할 수 있지. 그렇지만 나의 감정에 그녀가 동참할 필요는 없어. 그건 오직 나만의 감정일 뿐이니까."

시간이 더 지나고 당신은 매일 많은 사람들을 만나고 친구들이 누군가를 소개해 주기도 하지만 딱히 좋아하는 사람이 없다. 그러고는 예전에 사랑했던 사람과 함께 나눴던 이야기들이나 그 시절이 떠오르면 그때 좀 더 잘해줄걸 하는 생각이 무심코 든다. 하지만 시간을 되돌릴 수 있을까?

없다.

당신은 이미 예전의 당신이 아니라는 사실을 인정하자. 당신이 그

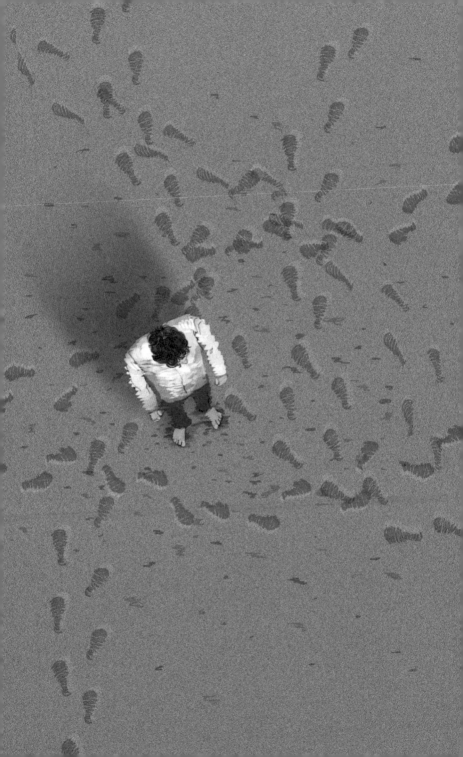

를 만나지 않았다면 지금 거침없이 불로 뛰어드는 나방이 될 수도 있었겠지만, 이미 그 사람을 만났고 이별을 겪으면서 조심성이 많고 자신을 보호하려고 애쓰는 사람이 되었다. 그러나 당신은 현재의 소심하고 머뭇거리며 결정을 주저하는 모습을 전혀 좋아하지 않기 때문에 슬프다. 그렇다면 만일 다시 기회가 와서 지금과 같은 모습이 된다는 사실을 알아도 망설임 없이 그 사람을 선택할 수 있을까?

지금 생각하면 진짜 바보 같지만, 당시 나와 친구들은 함께 모이면 피 끓는 청춘이 되어서 한밤중에 거리를 돌아다니기만 해도 색다른 기분을 느꼈다. 우리의 대화는 끝도 없었고 지치지도 않았다. 우리 사이에는 이기적인 다툼도 없었고 말하지 못할 일도 없었다. 노래방에 가고 싶을 때에도 전화 한 통이면 오케이였다. 비바람도 우리를 막지 못했다. 꼭지가 돌 때까지 술을 마시고 목이 쉬도록 노래를 불러대는 것은 아무 일도 아니었다. 그리고 미래에 대해서 이야기 나눌 때면 마치 미래가 손에 닿을 듯 느껴졌다.

그때 우리는 이 우정이 평생토록 이어질 것이라고 믿었다. 그러나 얼마 지나지 않아서 친구들과 갑자기 멀어졌다. QQ는 이미 지난 시대의 산물이 되었고, 런런왕은 업데이트하지 않은 지 오래되었다. A는 좋아하는 여자와 함께 여행을 갔고, B는 갑자기 외국으로 나갔으며, C는 다른 도시로 갔다는 사실을 대충 알고 있을 뿐이었다.

이처럼 우리 삶에는 많은 사람들이 나타났다가 사라지기도 하고 또 사라졌다가 다시 나타나는 사람들도 있다.

예전만큼 뜨겁지도, 열정적이지도 않은 듯 보이지만 이제 당신은 곁에 있는 사람이 떠나지 않는다는 사실은 확실히 느낄 수 있다. 혹시 그들이 떠나더라도 당신은 감사한 마음을 간직한 채로 그들의 자리를 마음 한구석에 남겨둘 것이다.

마지막에 당신과 함께할 사람은 어쩌면 처음에 사랑했던 사람과는 완전히 다른 사람일지도 모른다. 또한 지금 함께 취하도록 마시는 사람이 어쩌면 지금까지 함께하리라고는 생각해본 적도 없던 사람일 수 있다.

만일 누군가가 현재의 당신과 이전의 당신의 가장 큰 차이가 무엇이냐고 묻는다면 그것은 바로 현재의 당신은 사람을 소중히 여기고 마음의 평정을 유지하는 법을 배웠다는 사실이다.

담담하게 이별에 대처하기란 세상에서 가장 어려운 일이다. 그러나 역설적이게도 당신이 담담하게 이별을 대할 줄 알게 되면 그들은 당신의 마음속에서 영원히 떠나지 않는다.

누군가를 만나기 전에 먼저 주변 사람들을 내 몸과 같이 소중히 여기자. 결국엔 헤어지더라도 말이다.

술 한 잔 하 자

기억을 안주 삼아

시간이 아무리 지나도 약해지지 않는 괴물과도 같은 우정이 있다. 그러나 이런 우정이라 해도 예전처럼 그렇게 자주 연락하고 만나지는 못한다. 어느 날 함께 모이면 그때의 어리석음으로 저질렀던 일들과 기억들을 안주 삼아 술 한잔 기울이고 싶다.

얼마 전 지난濟南으로 가는 고속철에서 노래를 들으며 강연 원고를 준비하고 있었다. 그때 빠오즈가 위챗으로 이모티콘을 하나 보냈는데, 불꽃이 터지듯이 평소에 모습을 드러내지 않았던 친구들이 대화에 참여하면서 한동안 즐겁게 이야기를 나눴다. 그러나 고속철에서 인터넷 연결이 계속 끊기는 바람에 나는 빠오즈와 전화로 잠시 이야기를 나눴다. 전화를 끊으면서 우리가 이렇게 즐겁게 수다를 떨었던 것이 언제였던가 하는 생각에 문득 아련한 기분이 들었다.

가장 채팅에 열을 올렸던 시절은 위챗이 막 생겼을 때였다. 매일 수많은 메시지가 폭격처럼 쏟아졌고 무슨 일이든 함께 이야기했다. 그때 우리는 아직 같은 도시에 있었기 때문에 전화 한 통이면 모두 모일 수 있었다. 그러나 언젠가부터 점점 소식이 줄어들더니 늘 만날 수 있었던 시절과 할 일 없던 여름은 어느새 지난 세기의 일이 되어버렸다.

오래전 '바보' 소년은 각자의 길을 간다는 말이 도대체 무슨 의미인지 몰랐기 때문에 같은 곳에서 일하지 않아도 자주 만날 수 있다고 생각했다. 나중에야 직업이나 도시의 선택에 따라 생활 방식도 달라질 수 있다는 것을 깨달았다. 우정이 변할까 봐 걱정할 필요는 없었지만 연락은 어쩔 수 없이 줄어들었다.

예전에 나는 우정이란 부르면 바로 달려오고 몇 명의 '바보'들이 함께 모여서 떠들고 웃고, 말을 타고 질주하며 세상의 아름다움을 함께 누리는 일이라고 생각했다. 그래서 함께 모이는 일은 기본이고 매일 농담을 주고받아야 한다고 생각했다. 하지만 지금은 1년에 만나는 횟수는 손으로 꼽을 정도이고, 함께 농담을 나누는 일은 '그날'처럼 한 달에 한 번이다.

우정이란 늘 마음속으로 생각하고 있을 필요는 없지만 대화를 하고 싶을 때는 언제든 말을 꺼낼 수 있는 인간관계이다. 자주 연락하지 않아도 대화를 시작하면 예전 그대로의 기분이 들고, 평소에 늘 함께하지는 않지만 힘들 때는 제일 먼저 곁에 있어 주는 것이다. 선현들은 군자의 사귐은 물과 같이 담백하다고 했다. 우리는 군자가 아니지만 가끔은 이 말의 뜻을 알 것 같다.

그날 빠오즈와 서로 한결같은 바보라고 놀리면서 전화를 끊었는데 마침 노래 〈세상이 끝날 때까지는〉이 흘러나왔다. 이 노래만큼은 정말 질리지 않는다. 그때 문득 언젠가 주변의 사람들이 줄어드는 시기가 있지만 이때에도 사라지지 않는 것들이 있다는 사실을 깨달았다. 당신은 그것이 무엇인지 알고 있다. 그리고 그것이 당신과 늘 함께한다는 사실을 의심하지 않는다. 시간에 의해서 선별된 우정이 바로 그런 것이다.

인간이 가장 과대평가 할 수 없는 부분이 바로 인간관계이다. 어떤 사람들과는 연락을 하지 않으면 서서히 관계가 끊어진다. 사람들은 우정이 오랫동안 지속된다고 생각하지만 의외로 관계를 유지하는 일이 가장 어렵다. 하지만 인생의 친구는 몇 명으로도 충분하고, 오랫동안 소식을 듣지 못해도 그 관계가 끊어지지 않는다.

나는 머리가 그다지 좋지 않아서 완전히 잊어버리는 일도 있지만 절대 잊어버리지 않는 일들이 있다.

그날 나는 또 친구들의 모멘트를 들여다보았다. 사진 속의 친구들은 모두 즐거워 보인다. 하지만 그 사진에는 아주 많은 숨겨진 이야기가 있다는 사실을 누구보다 잘 알고 있다.

　지금 우리는 아주 멀리 떨어져 있으므로 그저 친구들이 잘 지내기를 바란다. 사진에서 보이는 것처럼 잘 지내기를, 숨겨진 이야기가 너무 많지 않기를, 당신이 동경했던 것처럼 모든 일이 순조롭기를, 그냥 배 속에 삼켜버린 고통이 너무 많지 않기를.

　다음에 만나면 기억을 안주 삼아 다시 술 한잔하자.

質투하지 않고
깔보지 않는 사이

가까운 사이일수록 예의를 지켜야 한다는 말이 있다. 친구일수록 비난하거나 훈계하는 말투를 쓰지 말아야 한다. 좋은 친구 사이에는 높고 낮음이나 우월감, 아첨이 필요 없다. 다만 시간을 잘 지키고, 평등하며 진실해야 한다.

예전에 모두가 알던 친구가 한 명 있었다. 예전이라고 말하는 이유는 그가 서서히 우리 사이에서 사라졌기 때문이다. 그의 가장 큰 특징은 주변 사람들에게 찬물을 끼얹는다는 점이었다.

언젠가 D양이 실연을 했을 때 그는 "내가 전에 말했잖아. 그렇게 안 듣더니"라고 말했다. 또한 킴이 그림을 그리는 일을 도와주었을 때에도 고마워하기는커녕 오히려 알 듯 모를 듯 불만 섞인 말을 했다. 단지 킴이 좀 더 일찍 전해주지 않았다는 이유에서였다. 그리고 다이어트를 하는 친구에게 "무슨 다이어트야, 힘든데 그냥 포기해. 다 너를 위해서 하는 말이야"라는 말로 그 친구의 열정에 찬물을 끼얹었다. 우정을 죽이는 원흉은 바로 "다 너를 위해서 하는 말이야"라는 말이었다. 가족끼리도 마찬가지다. 가까운 사람일수록 상대방의 감정을 무시하거나 기를 꺾기가 쉽다. 또한 "아무리 친한 친구라도 훈계하듯이 말하면 안 된다"는 사실을 쉽게 잊는다.

많은 사람들이 찬물을 끼얹는 말투와 충언은 다르다는 사실을 간과한다. 주변에 이렇게 자기 잘난 맛에 사는 사람들이 얼마나 있는지 모르지만 그들은 우월감을 보임으로써 자신의 존재를 확인한다. 그러나 그들의 우월감은 그 무엇보다 이상하며 그들이 마지막에 덧붙이는 "다 너를 위해서 하는 말이야" "내가 원래 이렇게 솔직해"라는 말은 자신을 위한 면죄부일 뿐이다.

다른 사람의 상처를 후벼 파지 말자. 주변 사람들에게 찬물을 끼얹으며 "다 너를 위해서 하는 말이야"라고 말하지만 그때의 교만한 표정은 서로 어울리지 않는다. 말에는 반드시 상대에 대한 기본적인 존중이 담겨야 한다. 대화의 가장 기본적인 규칙은 평등이다. 이는 친구끼리도 마찬가지다.

친구끼리 서로 잘 지내기 위해서는 세 가지의 기본적인 요소가 있다고 생각한다. 그 요소들은 바로 시간 엄수, 평등, 진실함이다.

시간을 지키는 일은 두 사람 사이의 가장 기본적인 존중이다. 그 누구도 당신을 기다려줘야 할 의무는 없다. 만일 정말로 늦는다면 미리 전화를 걸거나 메시지를 보내서 알려줄 수 있다. 모두가 다 도착한 후에야 느지막이 도착해서 온 세상이 당연히 당신을 기다려야 한다는 듯이 행동해서는 안 된다. 친구가 당신에게 화를 내지 않는 것은 그가 관용적이고 교양이 있기 때문일 뿐 미련해서가 아니다. 사람들의 인내심이 한계에 도달해 더 이상 당신을 존중할 수 없게 되면 다음 모임 때는 무의식적으로 당신을 배제할 것이다.

평등과 진실함은 나에게는 교제의 필수조건이다. 삶은 원래 쉽지 않아서 우리는 늘 자신을 감출 필요가 있다. 그러나 만일 친구 앞에서도 늘 자신을 감춰야 한다면 그런 우정은 없는 편이 낫다. 나는 우리가 그저 어깨를 나란히 하고 동행할 수 있고, 에너지가 부족할 때 서로 격려해줄 수 있기를 바란다. 설령 우리의 분야와 방식이 다르더라도 든든함을 느낄 수 있으면 충분하다.

평등도 마찬가지로 중요하다. 어떻게 해서든 모임에 끼고, 별짓을 다해서라도 좋아하는 사람의 비위를 맞추고, 까치발을 해서라도 남보다 커 보이려는 태도는 편한 친구들과의 만남과는 비교할 수 없다. 충분한 능력을 갖추면 자연스럽게 비슷한 친구들과 사귀게 될 것이다. 만일 우정에 아부나 아첨이 필요하다면 그런 우정은 없느니만 못하다. 좋은 관계는 내가 성공을 해도 상대가 질투하지 않고, 내가 풀이 죽어 있을 때에도 상대가 나를 깔보지 않는 사이다.

전에 옷을 사러 갔다가 마주쳤던 연인을 지금도 기억한다. 남자가 여자에게 옷을 골라주고 있었는데, 남자가 옷을 집어 들자 여자의 날카롭고 짜증이 가득한 목소리가 들려왔다.

"그건 정말 별로잖아. 옷도 고를 줄 몰라?"

당시에 판매원과 그 남자가 난처해하던 표정이 지금도 생생하다.

누구나 어느 정도는 예의나 관용을 지킬 수 있다. 그렇다고 해서 상대의 한계를 계속해서 시험해서는 안 된다. 만일 당신의 친구나 애인이 멀리 떠난다면, 그건 어쩌면 그들이 오랫동안 쌓인 감정들 때문에 어쩔 수 없이 당신을 떠나기로 했는지도 모른다. 친구가 실의에 빠졌을 때 비난하고 잘난 척하는 모습을 보인다면 그 친구는 당신 때문에 더 낙심할 것이다.

누구나 다 당신의 말을 경청해야 하는 것은 아니다. 또한 당연히 당신에게 잘해야 하는 것도 아니다.

감사한 마음으로 서로 포용하고 존중해주어야만 어떤 감정이든 오랫동안 유지할 수 있다. 다른 사람의 결점을 지적할 때 비꼬는 태도로 말하는 사람이 있는가 하면, 존중과 이해를 바탕으로 자신의 생각을 표현하는 사람이 있다. 보통은 후자가 당신에게 정말 필요한 사람이다.

당신이 전자는 멀리하고 후자를 소중히 여기기를 바란다.

이별은 늘 만남을
따라다닌다지만

나는 삶에서 만나는 사람들이 각각의 의미를 갖는다는 사실을 믿는다. 설령 그가 짧은
길을 동행했더라도, 혹은 단지 이별을 위한 만남이었다고 해도 말이다. 그들은 언젠가
당신과 함께 공통의 울림을 만들었고 삶이 그렇게 힘든 것만은 아니라고 일깨워주었다.

─────

졸업을 앞둔 한 여자 친구는 어제 친구들과 클럽에 갔다가 한밤중에
거리에서 소리를 지르며 우는 바람에 목이 쉬어서 오늘은 목소리가
양쿤楊坤(중국의 남성 가수로 거칠고 허스키한 목소리를 가지고 있다)같이
변했다고 위챗으로 소식을 전해왔다.

　그녀의 말에 졸업했던 때가 떠올랐다. 졸업 때 나는 특별한 일 없이
얌전하게 보냈다. 선후배와 술을 마실 때에도 끝까지 말짱했고 졸업이

별것 아닌 일처럼 느껴지기까지 했다. 그러나 결국에는 혼자서 짐을 싸면서 노래 〈Yellow〉를 듣다가 갑자기 머저리같이 울어버렸다. 나는 심히 둔감한 바보여서 그때가 되어서야 이별이 무엇인지를 깨달았다.

이별.

우리는 졸업문집에 '우정은 항상 여기에'와 같은 글귀를 적었지만 역시나 특별한 이유 없이 연락이 끊겼다. 예전의 시끌벅적하던 런런 왕의 모습도 사라지고 대신 침묵만이 남았다. 연락을 하고 싶지 않아서가 아니다. 단지 연락을 해서 "오랜만이네" "요즘 잘 지내?"라는 말 외에는 할 말이 없을까봐 두려울 뿐이다. 모두들 옛날의 우정이 겉보기에만 그럴듯할까 봐 연락을 하지 않는다. 또한 슬슬 자신의 삶의 궤도를 향해서 걸어가고 있기 때문에 우연히 생각이 나도 혹시 친구를 귀찮게 할까 봐 연락하지 못한다.

얼굴이라도 한 번 보려고 여섯 시에 일어나게 했던 그 소녀, 밤을 새며 건물 아래에서 함께 담배를 피우던 친구, 내가 실연을 당했을 때 나를 위로해주던 친구들, 송별회에서 끌어안고 울던 친구들……

나중에 정말로 다시는 만나지 못했다.

예전에 나의 인생에서 소중했던 사람들도 마찬가지로 만나지 못했다. 3년을 함께했던 여자 친구와도 우리는 정말로 사랑하기에 결코 헤어질 수 없고, 졸업 후에는 결혼하기로 굳게 약속까지 했다. 그런데 점점 싸움이 잦아지면서 이제는 구체적인 이유가 무엇이었는

지도 기억이 나질 않지만 결국 그녀는 이렇게 말했다.

"우리 차분하게 시간을 좀 갖자. 차분해지면 다시 이야기해."

결과적으로 이 시간이 평생이 될 줄은 몰랐다.

인연이 다한 사람은 같은 도시에 살고 있어도 만나기 어렵다. 그래서 나는 다시는 그녀를 만나지 못했다.

이렇게 사랑과 우정 사이를 오가던 두 사람은 다양한 시도를 해도 결국엔 아무런 소득이 없이 관계가 끝나고, 우연히 마주쳤던 사람들과도 자연스럽게 어울렸지만 결국에는 아무런 소식이 없다. 사랑하면서도 미워했던 그 사람과 많은 일을 함께했지만 역시 헤어졌다. 이렇게 이별은 만남을 영원히 따라다니는 운명인 모양이다.

이 글을 쓰면서 과거에 만났던 사람들을 자세히 떠올려보니 인생은 모두 하나의 과정이라는 사실을 깨닫게 되었다. 밥을 할 줄 몰랐던 때부터 능숙해지기까지, 혼자 살기 시작해 아무것도 모르던 때부터 지금의 질서정연한 상태까지, 이별이 도대체 익숙해지지 않았던 때부터 결국 평온해질 때까지, 뜨겁게 사랑하던 때부터 현재의 조심스러운 모습까지 말이다. 이 거역할 수 없는 과정을 따라 어쩔 수 없이 침착하게 앞으로 나아가면서 우리는 전혀 다른 사람이 된다.

우리는 성숙한 모습으로 바뀔 수도 있고 이런 과정을 거부하는 사람이 될 수도 있다. 어쨌든 자신이 싫어하는 모습으로 변하지 않기를 바랄 뿐이다.

인생의 과정에서 큰 역할을 하는 요소는 바로 당신이 만났던 사람들이다. 어쩌면 그 사람은 당신이 슬플 때 우연히 곁에 있었을 수도 있고, 당신이 아플 때 늘 함께한 사람일 수도 있다. 혹은 이름도 모르는 사람일 수도 있다.

때로 이 세상은 불공평해서 필사적으로 당신의 세계로 들어오려고 하는 사람을 당신은 그저 낯선 이로 기억하거나, 당신을 여러 해 동안 사랑한 사람을 두고 몇 번 만나지도 않은 사람을 사랑하기도 한다. 우리는 이 불공평한 세상에 대처하는 법을 배울 수밖에 없다.

우리는 결국 학교에 가지 않는 생활에 익숙해졌고 힘들지만 사는 법을 배우고 있다. 졸업을 하면서 남아 있는 것들은 점점 줄어들지만 점점 중요해진다.

다행히 우리에게는 그 시절을 함께 추억할 수 있는 사람들이 있다. 오랜 친구여, 이 추억은 무엇보다 중요하다.

결국 어떤 이들은 정말로 다시는 만나지 못했다. 그렇기에 지금 내 곁에 있는 사람들에게 표현할 수 없을 만큼의 감사를 느낀다.

이
륙,
착
륙,
안
전,
적
당

성장은 세상이 복잡하다는 사실을 깨닫는 과정이다. 어릴 적에 세상이 아름답다고 느낀 이유는 사랑하는 사람이 우리를 위해서 복잡한 일들을 다 막아주었기 때문이다. 이렇게 받은 사랑을 우리도 다른 이들에게 전해주어야 한다.

———

내가 살았던 도시 멜버른은 문학과 예술의 도시로 상업이 발달한 시드니와 비교하면 확실히 조용하다.

내가 살던 곳에는 공원이 가까이 있어서 나는 매일 아침 조깅을 하면서 그 공원을 한 바퀴씩 돌았다. 일을 하는 날에는 늘 밤을 새워야 했기 때문에 주로 주말 오전과 수요일 이른 아침에 공원에 나왔다. 공원에 나가면 나 말고도 조깅을 하는 사람들을 많이 볼 수 있는

데 대부분은 나처럼 귀에 이어폰을 끼고 달린다.

조깅은 특별한 제한 없이 날씨만 괜찮다면 언제 어디서나 즐길 수 있는 정말 좋은 운동이다. 함께 뛸 사람을 만나면 기분이 괜히 좋은데, 대부분의 사람들이 자신과 마찬가지로 적당한 거리를 유지하면서 달리는 데에 익숙하다는 사실을 알기 때문이다. 어쩌면 사람들이 달리기를 하는 이유는 서로 달라도 함께 달리는 그 순간만큼은 모두 하나라는 생각이 들어서일지도 모르겠다.

내가 계속 달리는 심리는 사실 간단하다. 나는 시간이 없거나 너무 힘들다는 이유로 많은 운동을 중도에 포기했다. 그러다가 더 이상은 안 되겠다는 생각에 어떤 운동이든 하나를 정해서 해야 한다고 스스로 다짐했다. 나는 늘 아침에 일찍 일어나서 조깅을 하는 모습이 부러웠고, 조깅을 하면서 마음을 비울 수 있을 듯했다.

부러움은 세상에서 가장 무기력한 감정이다. 분명 자신이 부러워하는 대상과 같아질 수 있는데도 닮기 위한 노력을 하지는 않으면서 다양한 핑계를 대고 스스로 그 핑계가 합당하다고 믿는다. 그러면서도 그들을 만나면 부러움에 당신의 신경이 다시 요동친다.

만일 정말로 부럽다면 하면 된다. 그들과 같아지고 싶다면 그들처럼 자신이 가고 싶은 곳에 가고, 자신이 하고 싶은 일을 하면 된다. 다행히 조깅은 생각보다 어렵지 않고 아주 간단해서 좋아하는 음악을 몇 곡 고른 다음에 간단한 준비 운동을 하고 편안한 신발을 신고 나가면 준비 완료다.

조깅을 할 때 좋아하는 노래를 들으면서 도시가 점점 깨어나는 모습을 보면 기분이 유독 차분해진다. 사람들이 나에게 어떻게 달리기하는 습관을 갖게 되었는지를 묻는데 사실 아주 간단하다. 바로 실천이다. 당시에 나는 반드시 한계에 다다를 때까지 밀고 나가야겠다는 결심으로 "얼마나 오랫동안 하는지 보자" 하고 나 자신을 시험해 보았다. 그 후로 계속하다 보니 이제는 습관이 되어서 그만하고 싶어도 그만할 수 없다.

조깅과 일상생활을 빼고 이제껏 멜버른에서 살면서 받은 가장 큰 느낌은 이곳 사람들은 남에게 함부로 지적을 하지 않는다는 점이다. 그렇기 때문에 거리에서 거리의 예술가들을 만날 수 있다. 그들 대부분은 다른 사람의 눈을 의식하지 않고 노래를 부르거나, 피아노를 치거나 분장을 하고 있다. 주립 도서관 앞 잔디밭에도 자유롭게 앉거나 서서 삼삼오오 수다를 떨거나, 책을 읽거나, 쉬고 있는 사람들의 모습을 볼 수 있다.

타향에 있다 보니 당연히 외롭고 집이 그립기도 하지만 다른 사람의 눈을 의식할 필요가 없다는 점은 장점이다. 이곳에는 다양한 문화와 각양각색의 기인들이 가득하다. 처음에는 신기하게 느껴졌던 일들에 지금은 익숙해졌지만 어깨를 스치며 지나가는 사람들 모두 자신만의 인생이 있고 자신만의 스토리가 있다는 생각은 여전하다.

이곳에는 '특이한' 일을 하는 다양한 기인들이 많아서 그 안으로 걸어가는 당신도 "이 세상에는 이렇게 특이한 사람들이 많은데 나는 별로 이상한 사람이 아니구나"라는 생각을 가지고 자신만의 개성을 계속 유지할 수 있다. 아무도 당신에게 그들의 가치관을 받아들이라거나 동화되라고 강요하지 않는다. 이래서 나는 멜버른이 좋다.

몇 년 새 수많은 천재지변이 일어났다. 사진이나 신문을 볼 때면 무기력한 탄식과 함께 어떻게 해야 도울 수 있을지를 생각해보지만 아무 일도 하지 못했다. 우리는 생로병사에서 멀리 떨어져 있다고 생각하지만 삶의 잔인함은 오히려 매번 생명의 나약함을 일깨운다.

천재지변보다 더욱 사람을 힘들게 하는 일은 인재다. 몇 년 사이에 우리는 많은 생명을 잃었다. 집에 돌아가던 비행기가 생각지도 못하게 전혀 다른 곳으로 가버리는 일도 있었다. 우리는 예전보다 더 노력을 기울이며 현실을 규탄하고 애도하고 분노하면서 더 밀접하게 소식들을 지켜보았고 기적을 기대했다. 그러나 기적은 일어나지 않았다.

이전에 영화 〈쉬즈 더 원非誠勿擾〉에서 여자 주인공 수치舒淇는 비행기를 탈 때마다 남자 주인공 꺼요우葛優에게 보고하듯이 '이륙' '착륙'이라고 메시지를 보냈고, 그때마다 그는 '안전' '적당'이라고 답을 했다. 예전에는 왜 이 장면에 분량을 할애했는지 이해하지 못했는데 지금은 인생에 필요한 것이 바로 이륙, 착륙, 안전, 적당의 네 단어

라는 사실을 깨달았다.

어릴 적 우리는 이 세상이 더없이 아름답다고 생각했고 꿈이라는 것도 어른이 되면 다 이루어지는 줄 알았다. 그러나 어른이 된 후의 삶은 상상과는 달랐고, 그 차이가 큰 만큼 우리는 세상이 아주 나쁜 곳이라고 생각했다. 그러나 나는 세상이 사람들의 말처럼 어두워지기보다는 점점 더 복잡해진다고 생각한다.

어릴 때는 사물의 한 면만을 보기 때문에 세상을 단순하다고 생각했고, 단순하기 때문에 아름다워 보였다. 또한 가족들의 보호 덕분에 현실을 마주할 필요가 없었다. 그러나 세상은 복잡한 곳이다. 당신에게 희망을 조금 보여주다가도 실망을 던져주기도 하고, 아름다운 듯 보이다가도 어두운 면을 보이기도 한다. 그래서 당연하다는 듯이 세상을 단순하게만 생각하던 우리는 세상의 어두운 모습에 시선을 빼앗기지 않을 수 없다.

그러나 세상은 그렇게 아름답지도 그렇게 어둡지도 않다. 이 세상에는 환경이나 남을 탓하는 사람도 있지만 행복하게 사는 사람들도 있다. 이 둘은 같은 세상에서 공존한다. 예전에는 왜 어릴 적에 생각했던 세상과 어른이 되고 나서의 세상이 같지 않은지, 세상에 발을 들인 후와 학생 때가 다른지를 이해하지 못했다. 그러나 사실 세상은 원래 이런 곳이다. 단지 예전에는 당신을 대신해서 그런 것들을 막아주던 누군가가 있었을 뿐이다.

당신은 이미 어른이 되었다. 자신의 속수무책과 무능함을 받아들이는 법을 배우고 세상에 당신의 생각과는 다른 면이 늘 있었다는 사실을 알아야 한다. 이 세상은 속물과 허영으로 가득하면서도 진실하고 선하다. 지금 당신이 할 일은 바로 부모님과 같은 어른이 되는 일이다. 자신의 힘으로 본인의 장점과 단점을 받아들여서 자신이 할 수 있는 일이 무엇인지를 생각하고 본인의 무능함을 깨달아야 한다. 그 후에는 지금 하는 일에 최선을 다해야 하고 부모님이 당신을 지켜줬듯이 당신도 지켜주고 싶은 사람들을 지켜줄 수 있어야 한다.

사람들은 어떻게 낙천적인 태도를 유지하는지를 묻는다. 나는 전혀 낙천적이지 않고 오히려 비관적이라고 말해주고 싶다. 다만 가진 것들을 잃을 수 있다는 사실을 알고, 맑은 날이 있으면 비 오는 날도 있다는 사실을 안다. 날이 밝으면 반드시 어두워지는 법이므로 가지고 있을 때는 최선을 다해 붙잡고, 비가 오면 우산을 펴고, 날이 흐리면 불을 밝히거나 영화를 보고, 겨울에는 옷을 더 입는 법을 배웠을 뿐이다. 대부분의 곤란은 스스로 초래하는 경우가 많다.

입을 맞출 수 있다면 말을 할 필요가 없다. 안아줄 수 있으면 싸울 필요가 없다. 행동할 수 있으면 멍하니 있을 필요가 없다. 함께 있을 수 있으면 헤어질 필요가 없다.

좋은 것은 아낄 필요가 없다. 오늘 할 수 있는 일을 내일까지 기다릴 필요가 없다. 당장 자기의 일을 최선을 다하겠다고 말하자. 가야 할 곳에 최선을 다해서 끝까지 가겠다고 대답하자.

세상은 너무 위험하기 때문에 시간은 꼭 아름다운 것에 쏟아 부어야 한다.

여기까지 읽은 사람들 모두가 앞으로의 날들이 모두 이륙, 착륙, 안전, 적당하기를 바란다.

우리는 모두 대략 난감한 나이가 되었다

우리는 모두 대략 난감한 나이가 되었다. 그리 젊지도 않고, 또 완전히 성장했다고 하기에도 부족하다. 자신에게 기대고 싶지만 아직은 쉽지 않고, 앞으로 나아가고 싶지만 까마득해 보인다. 그러나 우리는 선택해야 한다. 끝까지 가거나, 아니면 아예 가지 않거나.

─────

새로운 해를 맞은 후 나와 라오천은 도로변에 앉아서 술을 마셨다. 우리는 고등학교 1학년 때부터 친구로 지냈는데 어느새 우리의 우정도 거의 십 년이 되었다. 오랜 친구와 만나면 늘 고등학교 때 함께 저질렀던 바보 같은 일들이나 대학에서 함께 밤을 새웠던 이야기를 한다. 그때는 다들 한가해서 늘 전화 한 통이면 모두 모일 수 있었는데 지금은 겨우 몇 명만이 남아 있다.

라오천은 항상 술을 병째 마시기를 좋아하는 습관이 있어서 친구들은 그를 '슈에화왕자'(중국의 맥주 브랜드인 슈에화맥주에서 따온 별명)라고 불렀다. 다음 날 은행에 출근해야 하면서도 이 자식은 또 맥주병을 들고 와서는 원샷을 할 준비를 했다. 나는 배가 불러서 맥주 거품이 밖으로 튀어나올 듯한 기분을 참으면서 다시 한 병을 비웠다. 나중에는 버텨보려고 해도 계속 딸꾹질이 났는데 그는 여전히 아무렇지도 않게 연거푸 술병을 비웠다.

　　"이 바보 같은 자식은 몇 년이 지나도 하나도 안 변했네."

　　"나도 네 앞이니까 이렇게 옛날 기분을 내보는 거지."

　　나는 갑자기 대꾸할 말이 없어서 잠자코 있었다. 사실은 나도 그랬기 때문이었다.

　　오래전을 떠올려보면 우리는 '마침내'라는 말을 쓰기를 좋아했다. "마침내 방학이다" "마침내 졸업이다" "마침내 여기를 떠나게 되었다" "마침내 새해가 밝았다"처럼 말이다. 당시엔 이별이 일종의 해방처럼 느껴졌다. 그러나 시간이 우리를 이렇게 난감한 나이로 데려올 줄은 몰랐다.

　　마지막으로 라오천이 맥주를 한 병 더 사러 가면서 한탄하듯이 말했다.

　　"우리는 아직 자라지도 않았는데 늙어버린 것 같아."

　　나는 그의 어깨를 툭 치며 말했다.

"인마, 너 이렇게 감상적으로 변한 거 보니까 내 책 너무 많이 읽은 거 아냐?"

라오천이 한마디 던졌다.

"바보 같은 자식, 내가 네 책을 몇 번씩 읽을 거라고 기대하지 마. 인간은 항상 희미해서 마음을 털어놓고 싶은 때가 있는 거야. 루쓰하오, 앞으로 우리는 어떻게 나아가야 한다고 생각해?"

나는 맥주를 들어 그에게 건배하며 말했다.

"인마, 뭘 어떻게 가? 그만두지 말고 쭉 앞으로 가는 거지."

이것이 바로 1월 2일의 모습이었다. 나와 라오천 두 명의 바보, 두 병의 맥주, 장지아강張家港 근처의 도로변.

우리는 어리지는 않지만 그렇다고 완전히 어른이 되는 일도 내키지 않아 한다. 또 아주 젊지도 않지만 늙지도 않았다. 그 어느 때보다 자신에게 기대고 싶지만 아직은 좀 쉽지 않다. 또 앞을 향해서 가고 싶지만 어디로 가야 할지 모른다. 이 얼마나 난감한가?

그러나 이런 난감함이 바로 성장의 일부분이다. 벗어버릴 수도 없는 이런 난감한 기분은 한동안 그림자처럼 당신을 따라다니며, 이미 어른이 되었으니 준비를 잘해야 한다고 시도 때도 없이 일깨운다. 누군가는 좋아하고, 누군가는 걱정하며, 누군가는 기쁘고, 누군가는 슬퍼하는 것이 세상이다. 당신이 어떤 시나리오를 손에 쥘지는 아무도 모른다. 단지 그 시나리오대로 연기해야 할 뿐이다.

며칠 전에 친구가 찾아와 어떻게 하면 무기력함을 벗어던질 수 있는지를 물었다. 고심하던 나는 고독이나 난처함과 마찬가지로 무기력함도 떨쳐내 본 적이 없다고 대답해주었다.

사실 우리는 아무리 열심히 살아도 결국에는 갈림길에 서고, 결국에는 좌절과 어려움을 겪는다. 특히 우리가 좌절이나 어려움, 그리고 무기력함과 같은 감정들이 삶의 또 다른 모습이라는 사실을 발견하게 될 때에 말이다.

이런 감정들을 벗어버릴 수 없다면 그냥 받아들이자. 실패할 수도 있고, 언젠가는 친구들도 줄어든다는 사실을 인정하자. 그러면 당신은 무엇이 가장 중요한지, 현재 당신의 곁에서 함께하고 있는 사람들이 얼마나 귀한지를 깨달을 것이다.

시간은 당신의 의지와는 상관없이 항상 당신을 잡아끈다. 아무리 앞이 희미해도 시간은 당신을 데려갈 것이다. 시간에게서 도망칠 방법은 없다. 단지 이전의 자신을 뛰어넘을 수 있을 뿐이다.

갈림길에 서면 각자의 길로 접어드는 법을 배워야 하고 이전의 자신에게 손을 흔들며 작별을 고해야 한다. 당신이 지금 있는 이곳이 맘에 들어서 머물기로 하면 나는 더 이상 당신과 동행할 수 없다. 나는 계속해서 전진해야 하기 때문이다. 게을러도 좋고 나약해도 괜찮다. 어쨌든 당신은 그런 자신에게 작별 인사를 해야 한다.

사람들의 마음속에 돌이 하나씩 있다고 상상해보자. 사람들은 이 돌을 영원히 가라앉히거나 부수어서 내버린다. 이 돌을 완전히 가라앉히거나 부술 때까지는 그 생각을 머릿속에서 지울 수 없다. 분명히 죽음을 자초하는 일임을 알면서도 멈추지 못하듯이 바로 앞에 깊은 바다가 있어도 피하기는커녕 그 안으로 뛰어든다. 바보 같아서가 아니다. 이렇게 하지 않으면 단념할 수 없기 때문이고, 그 생각에 날마다 괴롭기 때문이다. 그래서 우리에게는 두 가지 방법밖에 없다.

"끝까지 가거나, 아니면 아예 가지 않거나."

나 역시 여전히 난감할 때도 있고 무기력할 때도 있다. 그러나 여전히 포기하고 싶지는 않다. 나는 타고난 재능이 없어서 제대로 잘하는 일이 많지 않지만 어쨌든 열심히 하고 있고 또 노력의 힘을 믿는다. 그리고 당신도 나와 같다고 생각한다. 그래서 나처럼 난감해하는 당신이 이 글을 보고 힘을 얻기를 바란다.

내가 있는 이곳의 겨울은 생각보다 길고 비도 며칠씩 내린다. 그러나 나는 봄을 고대하지는 않는다. 봄이 지나면 언젠가는 다시 겨울이 오기 때문이다. 대신 나는 겨울에는 옷을 더 입고 비가 올 때는 우산을 준비하는 법을 배웠다. 언제나 새로운 날이 오고 날씨도 따뜻해지기 마련이듯이 날이 어두워지고, 겨울이 다시 찾아오고, 길이 까마득한 날들이 이어지는 일도 당연하다. 그러므로 스스로 나아가는 법을 배워야 한다.

누군가가 찾아오기를 바라기보다는 스스로 찾아 나서는 편이 낫다. 실망할 때마다 긍정의 힘을 가진 사람이 나타나 당신을 따뜻하게 격려해주기를 바라기보다는 스스로 긍정의 힘을 가진 사람이 되는 편이 낫고, 미래를 걱정하기보다는 지금 노력하는 편이 낫다. 너무 비관적일 필요도, 너무 낙관적일 필요도 없다. 그저 자신이 서고 싶은 곳에 서면 된다. 그 후에 미래가 탄탄할지 아니면 바람에 넘어질지는 모두 시간의 몫이다.

한 해 한 해가 지나가고 우리는 여전히 살아 있다. 살아만 있다면 하늘은 밝아온다. 그러나 날이 밝기 전에 우리는 아주 긴 길을 걸어야 한다. 우리는 모두 대략 난감한 나이지만 상관없다.

시간에서 벗어날 수 없다면 어제의 자신에게서 벗어나는 수밖에 없다. 난감함을 벗어 던질 수 없다면 주저함을 떨쳐버리자.

당신의 재능이 야심을 따라잡을 수 없다면 차분히 노력하자.

넘어졌더라도 여전히 일어날 수 있다면 단념하지 말자.

에필로그

이 책도 이렇게 집필을 마치고 얼마 후에는 여러분의 손에 있을 것이라고 생각하니 특별한 감격이 밀려온다. 나는 이제껏 누군가가 내가 하는 말을 듣고 싶어하는 날이 오리라고 생각해본 적이 없었다. 여러분들이 나 자신에게 이러한 힘이 있다는 사실을 발견하게 해주었다.

나는 언제나 빨리 자라고 싶었지만 또 한편으로는 늘 어물대며 포기하고 싶다고 말하기도 했다. 하지만 이를 악물고 밀고 나갔다. 천재도 아니고 세상을 깜짝 놀라게 할 만한 재능이 있지도 않아서 그저 가진 것이라고는 끈기뿐이었다. 이 점은 당신도 마찬가지라고 생각한다. 자신이 좋아하는 일을 할 수 있다는 점이 바로 내 재능의 전부여서 이런 일만큼은 절대로 포기하지 않는다.

끝까지 밀고 가는 것만이 의미가 있다. 그리고 자신의 힘으로 이 세상에서 든든히 설 수 있는 사람은 모두 용감한 사람이다. 나는 우리가 마지막엔 모두 이런 사람들이 되어 있으리라고 생각한다.

내가 편집에 문외한이라는 점을 이해하고 이 책에 심혈을 기울여준 모든 분들에게 감사한다. 또한 나에게 자신의 이야기를 마다하지 않고 공유해준 내 곁의 친구 라오천老陳, 빠오즈包子, 킴Kim, 한따단韓大丹, 그리고 따딩ㅅT에게 감사하며 이제껏 그들의 방식으로 나를 지지해준 것에 대해 더욱 감사하게 생각한다.

마지막으로 이 책을 읽는 여러분 한 분 한 분에게, 그리고 여러분이 내게 빌려준 용기에 감사한다. 독자는 내가 꿋꿋이 글을 쓰게 하는 신념이다. 이 책이 조금이나마 당신이 계속해서 앞으로 걸어갈 힘을 줄 수 있기를 바란다.

그동안 난감한 일을 수없이 보았지만 다 잘되리라고 생각한다.

또 어쩌다 보니 대략 난감한 나이가 되었지만 이제는 어떻게 대처해야 할지 알고 있다.

모든 이야기에는 결말이 있지만, 인생은 모든 결말이 곧 새로운 시작이다. 자, 대략 난감한 나이가 되었으니, 다시 한번 시작해보자!

🎵 BGM

Part 1 그럼에도 사랑

차이지엔야(蔡健雅) 〈Easy Come Easy Go〉
빅토리아 더필드(Victoria Duffield) 〈Break My Heart〉
저우제룬 〈간단한 사랑〉
천이쉰 〈불요설화 : 말하지 말아요(不要說話)〉
오월천 〈사과 한 알(一顆蘋果)〉
저우제룬 〈맑은 날(晴天)〉
아쓰(阿肆) 〈계획 된 우연한 만남(預謀邂逅)〉
따주이빠(Da mouth,大嘴巴) 〈나를 사랑하니(愛不愛我)〉
천이쉰 〈자전거(單車)〉
저우제룬 〈엄마 말을 들어(聽媽媽的話)〉

Part 2 꿈꾸는 청춘

원 리퍼블릭(One Republic) 〈Counting Stars〉
저우제룬 〈세계종말(世界末日)〉
취완팅(曲婉婷) 〈Everything in the World〉
에미넴(Eminem) 〈Lose yourself〉
차이지엔야(蔡健雅) 〈빨간 하이힐(紅色高跟鞋)〉
Escape Plan(逃跑計劃) 〈밤하늘에 가장 빛나는 별(夜空中最亮的星)〉
NZBZ(南征北戰, 남정북전) 〈나의 하늘(我的天空)〉
콜드플레이(Coldplay) 〈Every Teardrop is a Waterfall〉

Part 3 방황해도 괜찮아

DJ 오카와리 〈Flower Dance〉
오월천(五月天) 〈소금에 절인 생선(鹹魚)〉
원즈(WANDS) 〈세상이 끝날 때까지는〉
원 리퍼블릭(One Republic) 〈Secrets〉
에미넴(Eminem) 〈The Monster〉
콜드플레이(Coldplay) 〈Paradise〉
디지털 어드벤처(數碼寶貝) 〈버터플라이(Butterfly)〉
타오저(陶喆) 〈자신을 찾다(找自己)〉

Part 4 세상을 벗 삼아

동력화차 〈당〉
DJ 오카와리 〈Luv Letter〉
천이쉰(陳奕迅) 〈가장 나쁜 벗(最佳損友)〉
DJ 오카와리 〈Afterschool〉
콜드플레이(Coldplay) 〈Yellow〉
DJ 오카와리 〈Peacock Romantic〉
줄라이(July) 〈My Soul〉